यशवंत व्यास

नए प्रयोगों के लिए चर्चित व्यंग्यकार-पत्रकार यशवंत व्यास कई मीडिया उपक्रमों में प्रमुख रहे हैं।

उनकी प्रकाशित पुस्तकें हैं—'बोसकीयाना', 'चिन्ताघर', 'कामरेड गोडसे', 'ख्वाब के दो दिन', 'अपने गिरेबान में', 'कल की ताजा ख़बर', 'अमिताभ का अ', 'हिट उपदेश', 'अब तक छप्पन', 'इन दिनों प्रेम उर्फ़ लौट आओ नीलकमल', 'यारी-दुश्मनी', 'जो सहमत हैं सुनें' आदि।

'अमर उजाला' के समूह सलाहकार और कई सम्मानों से सम्मानित यशवंत व्यास डिजिटल और प्रिंट के साझे की दोस्ताना कारीगरी पर कुछ अनूठे प्रयोगों में व्यस्त हैं। कोरोना की पहली लहर में रिलीज 'कवि की मनोहर कहानियाँ' (के के एम के) इतनी लोकप्रिय हुईं कि तीसरी के धड़के में नए गुनाहों के साथ 'के के एम के रिबूट' हुई।

ई-मेल : yashwantvyas@gmail.com

यशवंत व्यास

कवि की मनोहर कहानियाँ

राधाकृष्ण पेपरबैक्स

पहली बार 2021 में खटाक.कॉम से प्रकाशित

राधाकृष्ण पेपरबैक्स में
पहला संस्करण : 2023

राधाकृष्ण पेपरबैक्स : उत्कृष्ट साहित्य के जनसुलभ संस्करण

राधाकृष्ण प्रकाशन प्राइवेट लिमिटेड
जी-17, जगतपुरी, दिल्ली-110 051
द्वारा प्रकाशित

शाखाएँ : अशोक राजपथ, साइंस कॉलेज के सामने, पटना-800 006
पहली मंज़िल, दरबारी बिल्डिंग, महात्मा गांधी मार्ग, प्रयागराज-211 001
वेबसाइट : www.radhakrishnaprakashan.com
ई-मेल : info@radhakrishnaprakashan.com

बी.के. ऑफसेट
नवीन शाहदरा, दिल्ली-110 032
द्वारा मुद्रित

मूल्य : ₹250

KAVI KI MANOHAR KAHANIYAN
by Yashwant Vyas

ISBN : 978-81-19092-06-2

यह किताब
श्रीमती नन्दिनी और बेटी तनया को
जिनकी वजह से कोरोना-कालखंड में भी
जीवन सम्भव रह सका।

आदमी होना सबसे बड़ी कविता है

जो कवि नहीं हैं, वे बहुत खुश न हों कि इस किताब में कवि की बड़ी दुर्गति की गई है। यह ठीक है कि कविताओं का नायक कवि है उसकी अतीव तोड़-फोड़ की गई है। लेकिन यह तोड़-फोड़ किसकी की गई है! कवि की, आज के सुविधाजी मध्यवर्गीय नागरिक की, विधायकों की या व्यवस्था की? और क्या तोड़-फोड़ इतनी जरूरी थी।

रचना वस्तुत: पुनर्रचना होती है। पुनर्रचना के लिए पूर्व रचना की तोड़-फोड़ करना जरूरी होता है। इस प्रक्रिया में कहीं का रोड़ा, कहीं का पत्थर लगाया जाना होता है। पढ़े-लिखे लोग कहते हैं न 'चीजें बिखर जाती हैं या बिखेर दी जाती हैं, थिंग्स फाल अ पार्ट।

और आगे सच्ची बात यह है कि जिसे आप शिल्प कहते-समझते हैं वह आविष्कार नहीं खोज होती है। शिल्प भी रचनाकार को समाज देता है। यह शिल्प समकालीनता में छिपा नहीं उजागर रहता है। यशवन्त व्यास ने उसे पहचानकर पकड़ लिया है—

"कवि न्यूयॉर्क पहुँच गया पहली बार जब वह कलकत्ता वाया मुम्बई गया था। वह दिल्ली में टिका था। तब से अब तक उसने अमेरिका के खिलाफ एक लाख पचास हजार शब्द लिखे थे। एक लाख पचास हजार एकवाँ शब्द लिखने को ही था कि फेलोशिप आ गिरी।

ऐसा घोर विरोध-संघर्ष कि विरोधी को प्रतिपक्ष पुरस्कृत/सम्मानित कर दे, यह कवि से कहीं अधिक राजनीति से धुरंधर, पत्रकार, कॉरपोरेट घरानों के कर्ता-धर्ता विश्वविद्यालयों के अध्यापक आज जानते और बरतते हैं। व्यास ने कवि को मुखौटा बनाया है। आस्कर वाइल्ड कहता था मुझे (यानी नाटककार को) एक मुखौटा मिल जाए तो मैं क्या नहीं कर सकता?

जब सफलता के लिए अनन्त??? हो, पूँजीवादी-साम्राज्यवादी मानसिकता ने नागरिक व्यक्ति को सामाजिक उत्तरदायित्वों, नैतिकता से विच्छिन्न कर दिया हो, तब व्यक्ति स्थिर नहीं रह सकता।

'कवि की मनोहर कहानियाँ' की विस्मयकारी नाटकीयता अद्भुत पठनीय है। वह कमाल यह है कि कहानियों के नायक पर हँसते-हँसते मंत्रमुग्ध पाठक अन्त में पाता है कि वह खुद ही हास्य का पात्र है। वह अपने पर ही हँसता रहा है।

यशवन्त व्यास ऐसा मारते हैं कि अगला पानी न माँगे—और पढ़ने की प्यास बनी रहे।

यशवन्त व्यास ने इसी किताब में एक जगह इस भारी उद्योग का परम उद्देश्य बता भी दिया है—चुपके से।

'आदमी होना सबसे बड़ी कविता है।'

—विश्वनाथ त्रिपाठी

कवि की मनोहर कहानियाँ...फिर से

कवि कभी रुकता नहीं।
वह कोरोना से पहले भी था। वह प्रलय से पहले भी था।
वह कोविशील्ड और कोवैक्सीन के बाद भी निरन्तर नया वैरिएंट बनकर सृष्टि पर उपकार करता रहेगा।

कवि ने राजकपूर से सीखा था, फिल्म में चाहे जो हो नहाती मन्दाकिनी का पोस्टर कैसे बनवाना चाहिए। अमिताभ से सीखा था, दिन कैसे भी हों नवरतन तेल लगाकर करोड़पति कैसे खेला जाता है। शाहरूख से सीखा, दूसरे की हीरोइन सहित सबकुछ लूटने के बावजूद मासूम कैसे दिखा जाता है।

कवि करण जौहर से 'कुछ कुछ होता है' को 'के 2 एच 2' कहना सीख ही रहा था कि दीपिका-रणबीर से धकियाता हुआ हैशटैग, इंस्टाग्राम रील, रिट्वीट, ट्रोल वगैरह से सीधा नेटफ़्लिक्स की भाड़ में जा गिरा।
अब इतना सुखी है कि एक सौ निन्यानवे रुपये में महीने भर बदरपुर से जूलिया रॉबर्ट्स खींचता है और विदाउट सेंसर, लॉस एंजेल्स में मिर्जापुर की गालियाँ ठोंकता है।

#

कवि की मनोहर कहानियाँ उर्फ़ के के एम के

(*K = Kavi, K = Ki, M = Manohar, K = Kahaniyan)

जब रिलीज हुई तब कोरोना की दूसरी लहर चल रही थी। अब उसने वैक्सीनेशन करा लिया है और अठारह से ज्यादा नए 'ऍप' डाउनलोड करके 'के के एम के' को 'रिबूट' पर लगाया है।

बचपन में किसी को सहृदय, करुणा से भरपूर, सरल राग-द्वेष से दूर, जीवन में खोया-खोया और दूसरों के दुःख में दुखी कोई आदमी दिखता था तो उसे 'कवि' कहते थे। हर बच्चा इनमें से शुरुआती चार लक्षणों से प्रेम कर बैठता था, फलस्वरूप कुछ ऐसा तो कॉपी में घसीटता ही था जिसे कविता कहते थे। यह लिखकर उसे अच्छा लगता था। जल्दी ही वह पाँचवें लक्षण में उतर जाता था और उसे पता चल जाता था कि खोना कहाँ है, खोया कहाँ है। इस पाँचवें चमत्कार से जो बच जाते थे, वे आगे चलकर बड़े आदमी हो जाते थे।

आदमी होना सबसे बड़ी कविता है। मगर, जो धूर्तता आदमी को आदभी दिखने का धन्धा सिखा दे उसका तो कहना ही क्या?

#

सच्चे कवि दुनिया के सुन्दरतम मनुष्य हैं, वे भूख में रोटी और प्यास में पानी हैं...लेकिन वे और हैं जो उनके हमनाम हैं। जो भूख लगे तो मनुष्य को रोटी में बदल लें।

#

लॉक डाउन तोड़ता पक्के से पक्का पुण्यात्मा रिश्वतखोर, शनिवार को मन्दिर के बाहर भिखारियों को खाना खिलाते सेल्फी लेता दिख जाएगा। ऐसा करके वह भिखारियों के 'फिजिकल' रास्ते भगवान को 'वर्चुअल' रिश्वत पहुँचा रहा होता है। मगर, आँखों से आँसू ऐसे कि जैसे भूखों की दुर्दशा पर जिन्दा

कविता ख़ुद फेरा लगाकर पूरी-सब्जी परोस रही हो।
कविता उसके जीवन के दूध में पड़ी वह जलेबी है जिसे वह हर मजबूरी की ठंड में परम्परा के च्यवनप्राश के बाद ग्रहण करता है।

##

उसी के सदके, अगर मैं तमाम समन्दरों को स्याही बना लूँ, सारे पेड़ों को क़लम, आसमान को कागज! गूगल समेत सारी दुनिया के सर्वर की स्पेस हड़प लूँ, तमाम ई-कॉमर्स कम्पनियों के ऑर्डर उठा लूँ और मोबाइल कम्पनियों के नेटवर्क हैक कर लूँ, तो भी—कथा अधूरी रह जाए!

##

कवि आत्मा है, मनुष्य शरीर है।
कवि जीभ है, मनुष्य नमक है।
कवि प्यास है, मनुष्य पानी है।
कवि भूख है, मनुष्य रोटी है।

कवि कविता की जगह एक नाव बना दे तो जनता उसमें चढ़ बैठे,
ताकि जब डूबने की घड़ी आए तो जान बचाने का सामान हो।
कवि कहता है, नाव बनाना मामूली काम है।
वह ऐसे मामूली काम क्यों करे?

वह महान काम के लिए पैदा हुआ है। नाव तो किसी ऐरे-गैरे से बनवा लो जो लकड़ी ठोंकना जानता हो, कवि तो कविता ठोंकता है।

कवि इंडिया इंटरनेशनल सेंटर में बैठा सोच रहा है,
वह आदमी बन गया तो कविता कौन करेगा?
कवि खाना खाता है। कवि दारू पीता है।

कवि हवाईजहाज में बैठता है। कवि छापाखाने में जाता है।
कवि पैसा लेता है, ऊपर के नोट पीछे की जेब में रखता है।
कवि गरियाता है, कवि जलता है, सड़क पर कचरा फेंकता है, लाइन तोड़ता है,
आँख और कमीशन मारता है, ऊँघता है, टरकाता है, घूरता है, झपटता है और, एकतरफा प्रेम में असफल होता है।

कवि अस्पताल, बैंक, स्कूल, फिल्म, रेस्टोरेंट, देह, मेह, मोबाइल, नाचघर और क्रिकेट को भोगता है।
कवि आरटीआई लगाता है और क्रान्ति का भुट्टा खाता है,
पर
कवि स्कूटी का लाइसेंस नहीं रखता।

ये ऐसे ही कवि की मनोहर कहानियाँ हैं
जो पढ़े-पढ़ावे, उसके मनोरथ पूर्ण हों।

—यशवंत व्यास

क्रम

1

कवि जामुन के पेड़ के नीचे सोया

कवि को पीढ़ियों से जामुन पसन्द थे।
पुरखों की गुप्त किताब में लिखा था—देश अपना है। जामुन भी अपने हैं।

#

पहले युग में जामुन का पेड़ चल-फिर सकता था। वह घर में डाल झुकाकर जामुन पेश करता था।
दूसरा युग आया। तब पेड़ स्थिर रहने लगे। तब पेड़ के नीचे जाकर बैठना पड़ता था, जामुन मुँह में आकर गिर जाते।
अब तीसरा युग है। कवि को जामुन के पेड़ के नीचे लेटना पड़ेगा।
किताब में कहीं नहीं लिखा था कि इस युग में जामुन बीनना भी पड़ सकते हैं।
कवि ठहरा जनरेशन-एक्स!
उसने पुरखों की किताब सिरहाने लगाई और जामुन के पेड़ के नीचे लेट गया।

#

जामुन गिरें, पर आसपास गिरें।
मुँह ज्यों-का-त्यों। खाली का खाली।

एक राहगीर को दया आई। उसने जामुन उठाया और लेटे हुए कवि के मुँह में डाल दिया।

कवि ने जामुन चुभलाया, और जाते हुए राहगीर पर चिल्लाया—रुको—ये गुठली मुँह से कौन, तुम्हारा बाप निकालेगा?

राहगीर ने कहा, वीडियो वायरल कर दिया है लोग आते ही होंगे।

#

कवि ट्विटर पर ट्रेंड कर रहा है।

कार्यसमिति की बैठक चल रही है।

जामुन की गुठली जहाँ की तहाँ है।

पुरखों ने कहा था—भविष्य में जामुन का पेड़ मुँह में ही उगेगा।

2

कवि ठहरा पक्का परफ़ेक्शनिस्ट

घर में किताबें जमाए तो देखे कि बाएँ से दायाँ कोना मिला कि नहीं? पेपरबैक की पीठ पर हार्डबैक तो नहीं खड़ा हो गया। क्राइम थ्रिलर में मैनेजमेंट तो नहीं छुप गया।

एक बार चश्मे में बाईं आँख से धुँधला दिखने लगा, उसने दाईं आँख भी धुँधली कर ली। जब धुँधलापन एकसार हो गया तो वह नया चश्मा बनाने गया। चश्मे वाले ने उसे हैरत से देखा। उसके कान से कान मिलाए। उसके निचले होंठ से ऊपरी होंठ मिलाया। बाएँ नथुने से दायाँ, दाईं भौंह से बाईं भौंह। उसके दाएँ हाथ से बाएँ हाथ और पैर से पैर मिलाए। एकदम ज्योमेट्री फिट।

#

चश्मे वाला घबराया। इतना परफेक्ट आदमी! ये आदमी है या प्रेत? अब तक उसने जितने चश्मे बनाए, उसमें फ्रेम तो फिट दिखती थी पर फिर भी एक आँख से दूसरी में फ़र्क़ आ जाता था।

इतने परफेक्ट आदमी की चश्मेवाले को आदत नहीं थी।

वह काँपने लगा। काँपा तो चश्मा छूटकर नीचे गिर पड़ा।

#

कवि ने गुस्से में हवा में तलवार बनाई और हवा में ही घुमाकर काट दिया।
चश्मे वाले की गर्दन कटी और कट के धड़ पर टिकी रह गई।
कवि ने चेक किया, हवा में लगाए कट परफेक्ट थे पर गर्दन पर सही घेरे के बावजूद रीढ़ के पास जाता हुआ कट थोड़ा हिल गया था।

#

तब से कवि रेशम के महीन धागे से गर्दनें अलग करता है।
गर्दनें कट जाती हैं, धड़ से गिरती भी नहीं, रीढ़ का कट भी एकदम फिट।
अब छूते ही परफेक्ट गर्दनें गिरती हैं, गुनाह छूनेवाले पर आता है।

#

कवि परफेक्ट कातिल हो गया है।
चश्मे वालों की यूनियन बन गई है।

#

सब कवि का चश्मा बेचते हैं।
सब कवि का चश्मा पहनते हैं।
सबको परफेक्ट दिखता है।

#

परफेक्शनिस्ट की बात ही कुछ और है।

3

कवि ने सोचा, इतिहास लिखते हैं

वह साँझ-सवेरे लिखता था। वह रातें भी लिखता था, दोपहरें भी लिखता था। नदी-नाले, सड़क-गलियाँ भी उसने लिखीं। पुल लिखे, बाँध लिखे। आग लिखी, जंगल लिखे।

वह थोड़ी-थोड़ी धरती भी लिखता, थोड़ा बहुत आसमान भी लिख देता।

उसने घड़ी, छतरी, मछली, गाय, खरगोश और मोर भी लिखे।

लिखते-लिखते वह समझ गया कि लिखने में कितना मजा है, इस मजे में कितना बल है और क्या ग़जब का फल है।

#

अब वह तलवार को फूल लिखने लगा, हत्याओं को प्रेम।

जो साँझ-सवेरे लिखे थे, उन पर उलटी तख्तियाँ ठोंक दीं। जो नदी-नाले लिखे थे उनके उद्‌गम बदल दिए।

अत्याचारी को सुधारक, नागफनी को चम्पा कर दिया और एक दिन देखा...

...कि इतिहास में नागचम्पा खिली जा रही है।

#

उसे बड़ा मजा आया।

#

अब वह चम्पा और नाग से सबको अलग-अलग डराता, फिर नई नागचम्पा लिख देता।
धीरे-धीरे इतिहास में 'डर' स्थायी हो गया, लोग उसे 'साहस' लिखने लगे।

#

एक दिन किसी अनपढ़ ने, जो जाहिर है, लिखा इतिहास तो पढ़ नहीं सकता था, हिम्मत से कह दिया—इसका इतिहास झूठ है—या तो नाग है, या चम्पा है, पर नागचम्पा कोई नहीं है।

#

कवि ने फ़ौरन उस आवाज को उठाया और दंगा बनाकर नए पन्ने के शीर्षक में टाँग दिया।

#

अब कवि आज में जीता है। वह इतिहास को 'चखने' की तरह जीभ पर रखता है और भविष्य की मदिरा के साथ पीता है।
इस तरह शामें रंगीन रहती हैं, इतिहास भी काम में आ जाता है।
इस रसरंजन के चलते वर्तमान, कवि की बगल में सुख से सो जाता है।

4

कवि का सेंस ऑफ़ ह्यूमर ग़जब का

वह किसी का भी मजा ले सकता था।
उसमें कुछ ऐसा जादू था कि जिसे छू ले वह मजाक हो जाए।
उसने विचारों के लट्ठ चलाए, मजाक की लठैती चल गई।

एक बार उसने हत्या और अपहरण पर हाथ मारा, लोगों ने हत्या के सौ फायदे और अपहरण के ढाई सौ लाभ छापकर बाँटना शुरू कर दिए।

एक बार अपनी मजाक शक्ति पर उसे इतना आनन्द आया, इतना आनन्द आया कि आनन्द से दोहरे होते हुए उसकी एक आँख दब गई। लोग आँख मारते-मारते पगला गए।

कवि को बड़ा क्रोध आया।
जनता बेचारी क्रोध को भी लतीफा समझकर हँस पड़ी।
हँसते-हँसते चुनाव आ गया।

#

कवि ने आखिर एक घुटा हुआ सलाहकार पकड़ा।
उसने सुझाया—आप गुब्बारे उड़ाएँ और गुब्बारों का नाम रख दें—मजाक!

#

अब पब्लिक कहती है—मजाक उड़ रहा है!
कवि कहता है--गुब्बारा उड़ रहा है!!
मजाक के गुब्बारों पर सलाहकार बैठा जनतंत्र की कविताएँ लिख रहा है!!

5

कवि तेल लेने गया

तेल लेने जाना एक ऐसी क्रिया है जिसे कवि ने ही प्रतिष्ठा दी है।
पहले लोग तेल लेने जाते थे तो डर रहता था कि लोग मुहावरा मानकर हँसेंगे।
जबसे तेल ब्लैक में बिकने लगा, कवि भावुक होकर तेल लेने जाने लगा।
तबसे—
किसी को तेल नहीं मिलता।
किसी को तेल की धार नहीं दिखती।
कवि को तेल भी मिलता है।
कवि को तेल की धार भी दिखती है।

#

भावनाओं को समझो—
एक दिन कवि सारा तेल ले जाएगा।
तब तेल लेने जाने का मुहावरा भी ख़त्म हो जाएगा।

#

अच्छी जनता—
मुहावरे और तेल, दोनों के लिए—
कवि की प्रतीक्षा करती है।

6

कवि तबियत से जिया, इतना जिया कि जीवन से ऊब पैदा हो गई
ऊब उसके लिए डूब के समान्तर एक आध्यात्मिक क्रिया थी।
यह जो ऊब थी, उबासी के प्राथमिक मंत्र के साथ उसकी देह में उतरी।
खिन्नता ने विस्तार किया, विचारों की छत पे जाले लटक आए।
उसके चक्र ठिठके। अनाहत और स्वाधिष्ठान सुस्त पड़ गए।
मूलाधार से सहस्रार तक सुस्ती की लहर धीमे-धीमे ऐसे बहने लगी जैसे फर्श पर थोड़ा-सा पानी पड़े और रेला बनकर ढलान की ओर रास्ता नापे।
अब मणिपुर और आज्ञाचक्र की कवि क्या कहे? कुंडलिनी ही सो गई थी।

#

ऊब के इस शिखर पर पहुँचकर कवि घबरा उठा।
हठात उसने गले में फंदा डालकर आत्महत्या कर ली।

#

दौड़ी-दौड़ी जनता अन्तिम दर्शन को आई।
कवि जिस रस्सी से लटका था, वह लोगों ने भक्ति भाव से लूट ली।

#

एक रस्सी की ढेर रस्सियाँ बनीं।
रस्सियों के झूले बने।
झूलों को देख जनता का जी हल्का हुआ।
सावन हरा हो उठा।
जनता झूला झूलने लगी।
बस इतना देखना था कि कवि पुनः जी उठा।

#

अब कवि जनता से झूलने के पैसे वसूल रहा है।
जनता सोचती है, कवि अबकी बार फंदे से लटका तो भूलकर भी रस्सी लूटेगी।

#

कवि प्रॉफिट एंड लॉस की शीट उठाकर सोचता है, वह अगर सौ बार आत्महत्या करे तो कुल कितनी रस्सी लगेगी, कितनी लुटेगी, उसके कितने झूले बनेंगे और फिर वह दुबारा जीकर कितने रुपये वसूल कर सकेगा।

#

हिसाब-किताब लगाते कवि की अगली ऊब तक सावन रुका है।
रस्सी वाले भी आर्डर के इन्तजार में हैं।

कवि आत्महत्या करे तो सबका कारोबार चले।

7

कवि ने कवियों की एक यूनियन बनाई
यूनियन में कुल कवि एक।
वही चलाए, वही बताए। वही रुके, वही बढ़े।
वही नेता, वही अनुयायी। वही वक्ता, वही श्रोता। वही जुलूस, वही नारा। वही प्रेस, वही पर्चा।
वही हेड, वही लेटरहेड। उसी की माँगें, उसी के दस्तख़त। उसी की कार, उसी की सरकार।

#

एक दिन जनता ने देखा कि शहर के बीचोबीच एक इमारत उग आई है। इमारत में कविता, कविता में इमारत।
शहर हैरत में। इमारत की हर खिड़की में कवि। गेट पर कवि, लॉन में कवि। छत पे कवि, पार्किंग में कवि।
एक कवि, अनेक कवि। एक कवि की यूनियन, समस्त कवियों की यूनियन। सारे लाइसेंस यहीं से, सारी सप्लाई यहीं की। सारे मुखड़े, सारे छंद यहीं के। सोल अथॉरिटी, सिंगल विंडो।

#

यूनियन के आगे जनता सर पर पैर रखकर भागी।
जन चले गए। कवि रह गए।
अब कवि का राज है, कवि, कविराज है।

#

कितना सुन्दर होगा वह संसार जहाँ सिर्फ कवि रहता है!

8

कवि की भैंस चोरी हो गई

पुलिसवालों की नींद हराम। सारे मिलकर भैंस खोजने निकले।

जिधर देखो उधर गाय, बकरी, मुर्गी, ऊँट और न जाने क्या-क्या, पर भैंस एक भी नहीं।

पुलिस का दिल बैठ गया, अब तो उसकी खैर नहीं।

वो जमाना और था जब उसके एक हाथ पड़ते ही बन्दर चोर, मोटरसाइकिल, ऊँट और भिखारी डॉन में तब्दील होकर कबूलनामे के साथ दंडवत हो जाते थे। उनकी गवाही में तोते गण्यमान्य नागरिकों के अवतार होते, चार्ज शीट पवित्र ग्रंथ में बदल जाती।

अब ठहरा कवि का जमाना।

पुलिस का सारा चमत्कार हवा।

हारी-पिटी पुलिस कवि के सामने मुँह लटकाए पेश हुई।

#

चमत्कार।

भैंस कवि के पीछे खड़ी पगुरा रही थी।

#

भौचक्के पुलिसवालों के सामने ही कवि ने खुद भैंस को दुहा, चाय बनाई और पेश की।

पुलिस को काठ मार गया—कभी भैंस को देखें, कभी चाय को।
जिसे दुनिया-जहान में खोजा वो यहाँ खड़ी मिली।
पुलिस को ऐसा धोखा?

#

कवि ने चाय का घूँट लेते हुए कहा—रे मूरखों, ये तो मनुष्य है जिसे मैंने दुहा है।
उसी क्षण पुलिस का चमत्कार लौट आया।
तबसे पुलिस हर मनुष्य को भैंस बना रही है।
कवि डेयरी इंडस्ट्री का किंग है।

9

कवि किसानों पर लट्टू हुआ

उसने किसानों को बताया कि किसान होने के कितने नुकसान हैं।
इस तरह उसने पाया कि किसानों के लीडर होने में कितने फायदे हैं।
भूखे किसान उसके मीठे गले, फैब इंडिया कुर्ते, दस्तकारी हाट के गमछे और शिल्प मेले की चप्पलों पर लट्टू हो गए।
वह बोलता तो फसल उगती।
वह घूमता तो बालियाँ फूटतीं।
वह उन्हें संघर्ष की रणनीति समझाता, भूखे रहने के भावी फायदे बताता।
वह हल लेकर फोटो खिंचवाता तो देश के किसानों का दर्द फ्रंट पेज हो जाता।

#

एक दिन कवि अपनी हजार एकड़ वाली पुश्तैनी जमीन के बटाईदार से झगड़ते हुए फोटो सेशन के लिए तैयार हो ही रहा था कि हल का फाल गिर पड़ा। फाल जाकर एक किसान के सर पर लगा। भूखा किसान घायल होकर जमीन पर गिर पड़ा।

फोटो, कवि की बजाय घायल किसान की छप गई।

#

कवि फिर सिर्फ किसान लीडर ही ना रहा।
वह न्यूनतम समर्थन मूल्य कमिटी का अध्यक्ष भी बन गया।

10

कवि रिश्वत कांड में धरा गया

रिश्वत सब लेते हैं। कवि ने ले ली तो क्या नया हुआ?
यही तो नया है।
कवि और बड़ा कवि हो गया।

#

वह भोपाल, जयपुर या पटना में पकड़ा गया तो दिल्ली हो गया।
वह दिल्ली, मुम्बई या कोलकाता में धरा गया तो फ्रैंकफर्ट हो गया।

फ्रैंकफर्ट से वह खूब किताबें लाया।
किताबों पर बैठकर वह बड़ा शरमाया।

सारी कायनात, कवि-कवि कहती है।
रिश्वत बेचारी तो उसके बुकमार्क में रहती है।

11

कवि ने टूल किट बनाया

पाने, पिंचिस, हथौड़ी, स्क्रू, कील, पेंचकस, कैंची, इंच टेप, डोरी वगैरह-वगैरह कवि के बचपन के साथी थे।

इस टूल किट से उसने कितनी ही गर्दनें नापीं, कितने ही फ्रेम बनाए। कितनी ही दीवारें ठोंकी। कितने ही पेंच खोले, ढीले किए और कसे।

हथौड़ी से जिन बुतों को तोड़ा, वे बुत ख़ुद अपने टुकड़े लिए लिए कवि की शान में गीतमाला सुनते फिरते हैं।

#

कवि के टूल किट की महिमा जान सात समन्दर पार से इंटरनेशनल जुआरी आ पहुँचे।

उन्होंने कवि से कहा, हमें ऐसा टूल किट बनाकर दो जो एक ही वक़्त में सौ जुआघरों में एक साथ बादशाह गायब कर दे, बेगम को जोकर की जगह रख दे और गुलाम का शो हो जाए।

कवि ने कहा—

अटकन-बटकन दही चटोकन
राजा गया दिल्ली
दिल्ली से लाया सात कटोरी
एक कटोरी फूट गई
राजा की टाँग टूट गई।

#

जुआरिओं ने सात समन्दरों से सातों कटोरियाँ भरीं और एक जुआघर में रख दी।
सातों कटोरियाँ एक साथ फूटीं और तत्क्षण एक नहीं, सौ जुआघरों में राजा की टाँग टूट गई।

#

जुआरी इसे सदी का सफलतम टूल किट कहते हैं।
कवि तो अत्यन्त विनम्र है। वह इसे 'दही चटोकन' के पारम्परिक खेल में अपना मामूली योगदान कहता है।
अब बचे जुआघरों के मालिक!

वे पूछ रहे हैं—
कवि कितने परसेंट की पार्टनरशिप लेगा?

12

कवि ने समाजशास्त्र पढ़ा—
दलितों की तरह नई जातियाँ खोज लाया।

कवि ने दर्शनशास्त्र पढ़ा—
ब्राह्मणों के अठारह नए कुल निकाल डाले।

कवि ने नागरिकशास्त्र पढ़ा—
वणिकों के नवीनतम तेईस गोत्र स्थापित कर छूटा।

कवि ने गणित पढ़ा—
ठाकुर, कायस्थ, माली, अहीर, जाट, लुहार, गड़रिये, मल्लाह, निषाद, वाल्मीकि—और न जाने कितनों की उत्पत्ति बखान कर दम लिया।

#

दम लेने के बाद फिर दम भरा, भरकर अर्थशास्त्र को हाथ लगाया—
जो कुछ अब तक खोजा, निकाला, बखाना था उनमें से एक के सौ

बनाए, सौ के हजार। हजार के हजारों हुए। सब अलग-अलग होकर छिटक गए।

#

जब सब कुछ अलग-अलग हो गया तो उसे अचानक इल्हाम हुआ कि असली मजा तो अभी बाकी है। मुसलमान, ईसाई वगैरह के इन्तजाम के बगैर तो कल्याण होने से रहा।
उसने भाषा शास्त्र उठाकर पढ़ना शुरू किया—

कहते हैं इसके बाद से ही धरती पर आदमी ने खुद को पहचाना।
तबसे आदमी रोज लड़ने के लिए नये-नये शब्द गढ़ता है और अपनी-अपनी व्युत्पत्ति अपनी नाक पर पहनता है।

#

कवि की नाक नहीं है।
कवि की व्युत्पत्ति भी नहीं है।

13

कवि वकील हो गया

उसने छह बनाम चार का नियम बनाया।
कुल दस मुकदमे लिए तो छह रईसों के होंगे, चार गरीबों के। चार गरीबों में, तीन एनजीओ के होंगे, एक छुट्टे गरीब का। छुट्टे गरीब से कुछ ना लेना।

#

कवि का बड़ा नाम हुआ। क्या दानी, क्या गजब का गरीबपरवर!

#

एक दिन एक छुट्टा गरीब आया।
कवि ने उसे एनजीओ नम्बर वन के पास भेज दिया।
एनजीओ नम्बर वन ने उसे उस रईस नम्बर वन को फॉरवर्ड किया, जिसने एनजीओ की फंडिंग में अद्भुत योगदान दिया था।
रईस नम्बर वन ने केस घुमाकर फीस के साथ कवि-वकील को भेज दिया।

#

अब कवि, छुट्टे गरीब का केस वाया एनजीओ एंड रईस नम्बर वन लड़ता है।
दान का मजा रईस को आता है।
तृप्ति एनजीओ को मिलती है।

#

कवि की फीस का क्या कहना।
रईस छह हैं, एनजीओ तीन।
बचा गरीब।
एक गरीब का क्या, फर्ज है जी हमारा, इतना तो देश का कर्ज बनता है।

14

कवि ग़रीब हुआ

ग़रीब कवि की ग़रीबी बड़ी गर्वीली।

वह तीन हजार की चप्पल जोड़ी लाता, उसे हथौड़े से पीटता। दस किलो मिट्टी में नहलाता, फिर पहनता।
वह दस हजार का कुर्ता लाता, उसे गठरी बनाकर अलमारी में दबा देता। जब हजार सलवटें हो जातीं तो पहनकर निकलता।

उसने एक दिन दो हजार सलवटों वाला कुर्ता पहना और बीस किलो मिट्टी में लिथड़कर निकाली चप्पलें बजाता हुआ ताजमहल पर जा खड़ा हुआ।

ताजमहल के बाहर उसने कटे हाथों की एक पेंटिंग बनाई।

#

ताजमहल तबसे ग़ायब है।
वहाँ जो खड़ा है, वह ताजमहल का रेप्लिका है।

#

शाहजहाँ ने ग़रीबों की मुहब्बत का मजाक उड़ाया था, कवि ने ताज उड़ा दिया।

#

कवि 'कटे हाथों' पर क्राउड फंडिंग कर रहा है।

कहता है, नॉन-प्रॉफिट कम्पनी है, मजदूरों के हाथ मजबूत करेगी।

15

कवि न्यूयॉर्क पहुँच गया

पहली बार जब वह कलकत्ता वाया मुम्बई गया था और दिल्ली में टिका था तब से अब तक उसने अमेरिका के खिलाफ एक लाख पचास हजार शब्द लिखे थे। एक लाख पचास हजार एकवां शब्द लिखने को ही था कि फेलोशिप आ गिरी।

मठरी-अचार, मीठी पूरियाँ, सत्तू और एक थर्ड रेट पूँजीपति की आत्मा का उन्नयन करने में भेंट मिला ओवरकोट देह पर टाँगे वह उतरा।

उतरते ही उसे अहसास हुआ कि वह थर्ड रेट पूँजीपति इससे अच्छा ओवरकोट भेंट कर सकता था, कोई आई-पैड दे सकता था। लेकिन, ये पूँजीपति होते शोषक ही हैं। खैर, थर्ड रेट पूँजीपति की आत्मा पर अभी उसने द्वंद्वात्मक भौतिकवाद का एक टिकिया साबुन ही खर्च किया था। शैम्पू खर्च किया होता तो ज्यादा अफसोस होता।

#

देर हो गई, कोई दिखा नहीं।

ओ हो, वो हाथ हिला रही है।
थर्ड रेट के तीसरे कजिन की दूसरी बहू। फेसबुक वाला फोटो ही है। कवि ओवरकोट मठरी-अचार-मीठी पूरियों सहित हुलसकर आगे बढ़ा।
फेलोशिप तो ठीक है। जो पड़ी सो पाई।
अब इस साम्राज्यवादी देश में थर्ड रेट पूँजीपति के तीसरे कजिन की दूसरी बहू की आत्मा धोने का जिम्मा भी आन पड़ा।

#

कवि ने कहा, 'नोम चोम्स्की कहाँ रहते हैं?'
बहू बोली, 'वो कौन है?'
कवि ने ब्रेख्त का स्मरण किया, कार में टाँग डाली और बहू के बालों की खुशबू लेते हुए कहा, 'उनसे शैम्पू लेना है।'

बहू ने कहा, जैसी दिल्ली, वैसा न्यूयॉर्क।
फिक्र छोड़िए नाम और चुस्की की। आप तो बेफिक्र कविता लिखिए।
बाबूजी ने सब कह दिया है, शैम्पू से लेकर शैम्पेन तक।

इत्ते बड़े कवि, हमारा तो घर ही पवित्र हो गया।

16

कवि को छींक आई

वह एक प्रस्ताव तैयार कर रहा था।
प्रस्ताव पर बड़े-बड़े कवि-कलाकारों के दस्तखत होने थे।
प्रस्ताव से बड़ी-बड़ी हस्तियाँ हिल जानेवाली थीं।

छींक आना अशुभ होता है।
लेकिन इस किस्म की मूर्खताओं का जीवन में कोई स्थान नहीं होना चाहिए। यह तो जड़ता है और कवि इन प्रतिगामी शक्तियों के विरुद्ध संघर्ष का प्रतीक है।

कवि ने सहयोगी कवि की ओर देखा। वह भी छींका।

#

दोनों छींक चुके थे।
छींक के साझे सत्य ने उन्हें 'रैशनल' कर दिया।

#

इतना बड़ा काम—
आखिर तो देश का भविष्य तय करना है।

#

दोनों ने प्रस्ताव पर आधे घंटे का पत्थर रखा।
दोनों घड़ी के हिसाब से, नाक पोंछने लगे।

17

कवि का बॉस बदल गया

वैसे कवि का कोई बॉस नहीं होता। खुद कवि भी इस अवधारणा को सामन्तवादी मानता है इसलिए खुद का बॉस खुद होते हुए भी वह खुद से खुद का बॉस नहीं कहता।

भौतिक दृष्टि से जहाँ उसकी नौकरी है, वहाँ उसका बॉस भी है। दार्शनिक दृष्टि से कवि तो कभी नौकरी करता नहीं, बस यह व्यवस्था का संताप है जिसे वह सह रहा है। भौतिक दृष्टि से वह तनख्वाह भी लेता है। दार्शनिक दृष्टि से वह यहाँ व्यवस्था बदलने के लिए प्रकट हुआ है इसलिए तनख्वाह तो स्वयं उसी की श्रम शक्ति की खुरचन मात्र है।

#

बॉस ने भीतर बुलाया।
बॉस के रूम में कवि कर्मचारी हो गया।
कर्मचारी ने पुराने बॉस की यादें सहेजकर नए बॉस को पेश कर दीं।

यह क्या, बॉस भी पहुँचा हुआ कवि निकला।

बॉस ने कविता सुनाई। कर्मचारी ने वाह-वाह की। बॉस खुश हुआ।
कर्मचारी बाहर आ गया, बाहर आते ही फिर कवि हो गया।
कवि ने सारी फाइलें रोक दीं।

#

कवि अब बदले हुए रेट पर फाइल निपटाता है।
चपरासी कहता है, जब तक बॉस कवि नहीं था, ये कवि ठीक था।

18

कवि के पिता स्वर्गवासी हुए। नौ सौ लाइक्स मिले
कवि ने कहा, स्वर्ग-नर्क की अवधारणा बेकार है।

वह पिता को स्वर्गवासी क्यों कहे? वे अन्तिम यात्रा पर चले गए।

एक हजार ने ये पोस्ट शेयर किया।

#

कवि ने कहा, यात्रा क्या है?
पहली और अन्तिम कुछ नहीं होती। वे गए, बस, गए।

पन्द्रह-सोलह लाइक्स और बारह सौ रिट्वीट मिले।

#

कवि माँ के जाने का इन्तजार कर रहा है।
उसने लिखा, वो भी चली जाएँगी। पिता तो गए ही हैं।

दोनों यहीं हैं या दोनों गए।

ग्राफ एकदम गिर गया, सिर्फ आठ लाइक्स मिले।

#

कवि की माँ से बोलचाल बन्द है।

19

कवि को भूख लगती थी

देश तो आदतन बहुत कृतघ्न था। देश को कवि की चिन्ता न थी। मजबूरन रोजाना उसे नाश्ते के प्रबन्ध में मुब्तिला रहना पड़ता।

#

एक दिन वह भाजपा के दफ्तर में घुस गया। वहाँ पहले गुड़-चने खाए, फिर मेवे के लड्डू खाए। देसी घी से महकते मूँग की दाल के हलुए पर हाथ गया ही था कि किसी ने पहचान लिया।

कवि ने फौरन पहचान बचाई, रास्ता बदल लिया।

कम्युनिस्ट पार्टी के दफ्तर में घुसा। नैचुरली कवि की सूरत मजलूम-सी थी। किसी ने शक करने की जहमत नहीं उठाई। वह मजे से उनमें मिल गया। गलियारा पार करके किचन में जा पहुँचा। किचन उसे उजाड़-सा लगा।

वह चलता हुआ पिछवाड़े से बाहर निकल गया।

और, क्या देखता है कि वह कांग्रेस के दफ्तर में पहुँच गया है।

वहाँ न कोई पहचानने की चिन्ता में था, न किचन की। कोई भेद, न कोई भाव। सब अपने-अपने हिसाब से बड़े मजे में खा रहे थे। नॉर्थ से साउथ, ईस्ट से वेस्ट—सब दूर का नाश्ता एक साथ। जो आए, सो खाए।

कवि ने प्लेट भर ली और पेट समेत कम्युनिस्ट पार्टी के पिछवाड़े में लौट आया।

अब वह रोज कांग्रेस से नाश्ता भरता है और कम्युनिस्ट पार्टी के पिछवाड़े नाश्ता करता है।
न किसी को शुबहा, न तकलीफ।

गली सुरक्षित ही रहती—पर, एक दिन समाजवादियों ने पहचान लिया।
प्लेट छीन ली, पीट दिया।

#

कवि अब न्यूयॉर्क टाइम्स में इस पर कॉलम लिखवाने के लिए बगल में इकोनॉमिस्ट दबाए योग्य मुंशी खोज रहा है।

कवि कहता है—
ये देश कवि को नाश्ता तो दे नहीं सकता, मुंशी क्या खाक देगा!

20

कवि स्टार्ट अप में लगा

चाय की गुमटी लगाएँगे।

एक चम्मच शक्कर, आधी चम्मच चाय की पत्ती, बाकी मुफ्त पानी और हल्का-सा दूध।

नब्बे परसेंट मुनाफे का सौदा।

कई दिन सोचा। सोच में कई कप चाय पी गया।

आखिर 'स्टार्ट अप' शुरू हुआ। न्यूनतम इन्वेस्टमेंट, एन्श्योर्ड प्रॉफिट।

स्टार्ट अप में ब्रांडिंग का बड़ा महत्त्व है, तभी आगे इन्वेस्टमेंट मिलता है। कवि ने यूनिकॉर्न की हिस्ट्री का भारी अध्ययन किया था। उसे बेवकूफ नहीं बनाया जा सकता। वह कुछ नया और ऑफ-बीट ऑफर देगा।

#

ग्राहक कहता, चाय के साथ मठरी दो—फ्री!

कवि कहता—कविता मिलेगी।

एक ग्राहक कहता, पहले चाय फिर कविता।

दूसरा ग्राहक कहता, कविता के पैसे डिस्काउंट में डाल दो। हम कविता नहीं लेंगे।

कवि कहता, कविता के साथ चाय 'मस्ट' है।
तीसरा ग्राहक कहता, कविता क्यों 'मस्ट' है?

मजबूरी।
ऑफर बदला—तीन चाय लेने पर एक मठरी, दो कविता फ्री।

#

अब कवि आने लगे।

मुड्डे पर बैठते। तीन चाय का ऑर्डर देते। मठरी खाते। कविता सुनने से पहले कहते, यह हमारे खाते में लिख लो। एक दिन इकट्ठी सुनेंगे।

कवि ने खाता रजिस्टर खोल लिया।
खाते में दो हिस्से बने—पैसा बकाया, कविता बकाया।

#

कवि चाय में पानी बढ़ाने लगा, ज्यादा दूध सेहत के लिए खराब होता है।
रिक्शे वाले दूर से पलटने लगे।
कवि बढ़ते गए।
खाता बड़ा होता गया—पैसा बकाया, कविता बकाया।

#

कवि आंत्रप्रेन्योर था।
उसने बिजनेस स्ट्रैटजी बदली। उसे कॉरपोरेट से टक्कर लेनी है।
शक्कर में गड़बड़ी शुरू की। चाय पुरानी और दुबारा उबाली हुई लगाई।
दूध सन्देहास्पद मिश्रण की तरह सफेद द्रव भर रह गया।

#

ऑफर उलट दिया गया।

धुआँधार की जगह धार का धुआँ।

एक कविता पर एक चाय फ्री।

दो कविता पर दो चाय और एक मठरी भी फ्री।

बड़ा-सा हाथ-लिखा पोस्टर लगाया—

क्रान्ति में साथ आएँ। चाय-मठरी मुफ्त लें, कविता को शक्ति दें!

#

क्रान्ति-क्रान्ति सुनकर ठेले-रिक्शेवाले-मजदूर दुकान पर इकट्ठे हुए।

कहा, चाय-मठरी दो।

कवि ने कहा—पहले कविता खरीदो। पैसा कविता का है, बाकी उस पर फ्री है।

उन्होंने कहा—कविता तो हम पर ही होती है, आज तक किसी ने हमसे हमारी चीज के पैसे नहीं लिए।

कवि ने कहा, चाय-मठरी चाहिए तो कविता खरीदनी पड़ेगी।

इस बीच किसी ने कहा—

—दूध नकली है।

—चाय की पत्ती बासी है।

—शक्कर में धूल है।

बहस बढ़ी। दंगा हो गया।

#

कवि को बचाने भागे-भागे कवि आए।

कवियों ने बचा लिया

—पर रजिस्टर फट गया, जिसमें कवियों का हिसाब लिखा था—

पैसा बकाया, कविता बकाया

21

कवि ने एक मन्दिर कब्जा लिया।
पुजारी गाँव गया था। नगर निगम अतिक्रमण हटा रहा था। मन्दिर बीच में आ गया।

कवि ने कहा, मन्दिर कभी बीच में नहीं आता। नगर निगम भगवान और भक्त के बीच आता है।

उसने पोथीखाने से एक धूमिल दस्तावेज निकालकर पाया कि मन्दिर सच में पुजारी की खानदान के पास पाँच पीढ़ियों से था।
कवि ने काफी सोचा।
लम्बी कविता लिखी और ओशो के प्रवचन से मारी हुई पंक्तियों में सनातन धर्म का तड़का लगाकर निराला की शक्तिपूजा पढ़ दी।

नगर निगम डरा, दूसरी तरफ निकल गया।

#

पुजारी लौटा। देखा, कि कवि मन्दिर पर काबिज है।

पुजारी ने हक जताया। ईश्वर की सौगन्ध दी। पीढ़ियों का हवाला दिया। भक्तों की हाय लगने का भय दिखाया। अपनी रोजी-रोटी की दुहाई दी। कवि नहीं पिघला।

#

पुजारी गुंडे लाया।
कवि ने उन्हें दस फीसदी का हिस्सा दिखाकर कबीर-वाणी सिखा दी।
पुजारी पुलिस लाया।
कवि ने उन्हें दस फीसदी का हिस्सा दिखाकर भक्त सूरदास से मिला दिया।
पुजारी नेता लाया।
कवि ने उन्हें बीस फीसदी हिस्सा दिखाकर मीरा में लीन कर दिया।

#

पुजारी ने पैर पकड़ लिए, अद्भुत तेरी माया! निराला की मदद से कब्जा लिया, कबीर-सूर-तुलसी-मीरा से सबको सीधा किया। ऐसा भक्त, न देखा न सुना।

#

कवि की करुणा फूटी, देर हुई मूरख। क्या फायदा हुआ? तेरा चालीस फीसदी चला गया। पहले यह करता तो पचास-पचास का हिसाब रहता। अब तो तेरा दस बचा!
पुजारी ने हिसाब लगाया। कवि के कब्जे के पहले मन्दिर के कुल भक्तों और चढ़ावे की संख्या, कवि के कब्जे के बाद की संख्या से दस फीसदी ही थी। क्या घाटा हुआ?

अब—

1. पुजारी ख़ुशी-ख़ुशी पूजा करता है।

2. गुंडे, पुलिस और नेता—सब राजी-ख़ुशी रहते हैं।
3. कवि तो फकीर है, बचे-खुचे पचास फीसदी में निर्वाह करता है।

सीताराम-सीताराम-सीताराम कहिए।
जाहि विधि राखे राम ताहि विधि रहिए।

22

कवि ने सोचा डकैती में उतरते हैं

डाके हमेशा खराब ढंग से चित्रित किए जाते हैं। काले कपड़े, नकाब, घोड़े, बन्दूकें और गाँव की गलियों में डायलॉग सुनाते डाकू सरदार! ये किसी छंदयुक्त तुक्कड़ कवि का काम मालूम होता है।

कवि ने डाके का सौन्दर्यबोध बदलने का निश्चय किया।
डकैती में नई कविता होनी चाहिए।
नए बिंब हों। नई भाषा हो। मुहावरे में ताजगी, अभिव्यक्ति में अद्वितीयता।

अहा, प्रतिबद्धता! धन्य है कवि।
डकैती के पुनराविष्कार के लिए लोकेशन भी उसने गाँव ही चुनी।

#

पनघट खोजा। नहीं मिला।
साहूकार खोजा। नहीं मिला।
हवेली खोजी। खँडहर मिला।

खँडहर के बाहर खड़ा सूखा हैंडपम्प मिला।

डकैती कवि के हथियार में भी नवाचार।
हत्था उखाड़ा, स्कूल की ओर बढ़ा।

हैंडपम्प का हत्था हवा में घुमाया और चिल्लाया, 'सारा मिड-डे मील मेरे हवाले कर दो। वरना एक-एक को ढेर कर दूँगा।'
फिर वह दस तक गिनती गिनने लगा।
कोई नहीं आया।
कवि ने निष्कर्ष निकाला, मिड-डे मील योजना में घोटाला है।

हत्था पकड़े-पकड़े हाथ दुखने लगा था।
उसने वहीं हत्था छोड़, एक लम्बी कविता लिखी—मिड-डे मील!

#

वह इतिहास की सबसे बड़ी डकैती थी।

कविता मंगल ग्रह के कवि की थी।
वहाँ मिड-डे मील योजना ही नहीं थी।

23

कवि एक दिन बोर हो गया
इतना बोर हुआ कि और भी बोर हो गया।
बोर होते-होते शाम हो गई।

उसने बोरियत को बोरे में भरा और आलोचक के घर के बाहर रख आया।
आलोचक से बड़ा कौन?
उसके घर तो बोरियत के बोरे ही बोरे।
आलोचक ने इसे मिलाकर सारा कबाड़ी को बेच दिया।

#

कवि ने फिफ्टी परसेंट के रेट में उसी कबाड़ी से एक बोरा खरीदा है।

अब कवि बाकी को सौ प्रतिशत गारंटी से बोर करता है।
बोरियत पर आलोचक का आईएसआई मार्क है।

24

एक बार कवि पूर्वजों की जंग खाई दुनाली लिए टहल रहा था
गाँव किनारे सुदामा प्रसाद पांडे जी से टकरा गया।
'धूमिल' आपका ही नाम है?
पांडे जी मुस्कुराए।
कवि तब से भागा-भागा फिर रहा है।

#

उन्होंने इतना ही तो कहा था—

सुबह जब बड़ी बन्दूक
छोटी बन्दूक का नाश्ता कर रही थी
मैंने निहत्थे आदमी को
गाँव की तरफ जाते हुए देखा—
पगडंडी पर खाली हाथ जाते हुए भाई!

25

कवि ने हेयर कटिंग सैलून खोला

सैलून का नाम रखा—सच्चा कवि केश कर्तनालय।

#

मुक्तिबोध उधर से गुजर रहे थे।
कवि ने प्रणाम करके बोर्ड की तरफ इशारा किया। सेल्फी ले ली।
मुक्तिबोध बोले, खाली 'कवि' या खाली 'सच्चा' से भी काम चल जाता।
'कवि' है तो 'सच्चा' होगा ही।
कवि ने 'कवि' हटा दिया। रह गया—'सच्चा केश कर्तनालय'।

#

कुछ दिन हुए न हुए बाबा नागार्जुन को पकड़ लिया। सेल्फी ले ली।
बाबा ने पीछा छुड़ाया, 'केश कर्तनालय' ही बहुत है। तेरा 'सच्चा क्या और झूठा क्या?'
कवि को फौरन बोध प्राप्त हो गया।
'कर्तनालय' उसने निराला के हवाले किया।

#

सैलून में अब तीन सेल्फियाँ फुलसाइज होकर लटकी हैं।
बोर्ड पर सिर्फ 'केश' लिखा है।

कवि धड़ाधड़ कविताएँ काट रहा है।

26

कवि के गाँव में बाढ़ आ गई

बर्तन बहने लगे। चारपाई तैरने लगी।

मवेशी बह रहे थे। लोग जान बचाने के दौड़े जा रहे थे।

परिवार छत पर चढ़े हुए थे। बच्चे डर के मारे माँ के आँचल में दुबके हुए थे।

बाढ़ का पानी कवि के घर पर नहीं पहुँचा।

#

गाँव को पहली बार पता चला—

कवि उनके जैसा आदमी नहीं है।

कवि उनमें से एक नहीं है।

#

भैया, वो तो कवि है!

27

कवि थानेदार हो गया

इलाका अफीम तस्करों का था।

#

सिपाहियों ने कहा, हुजूर यहाँ के तस्कर काफी अनुशासित हैं।
उनकी ईमानदारी की मिसालें आईजी साहब तक दी जाती हैं। हमें बिलकुल क्रॉस-चैक नहीं करना पड़ता। जितने किलो तस्करी होती है, बिना हेरफेर के उसका दस परसेंट थाने आ जाता है। सालाना प्रोग्रेस भी ठीक है। अब तक कुल तस्करीकृत अफीम की मात्रा में हर साल बीस परसेंट की दर से वृद्धि हो रही थी, आपके चरण पड़ते ही बाईस परसेंट हो गई।
धन्य हैं आप। आप ऐसे, आपकी कविता का तेज ऐसा!

कवि ने कहा, तुम नैतिक रूप से गिरे हुए हो। तुमने समाज से इतना पाकर भी तस्करों का नैतिक स्तर उठाने के लिए क्या किया?
सुनकर पूरा थाना सन्न।
हर सिपाही आत्मग्लानि से भरा हुआ।

थानेदार जी की ताकत तो कविताई से आती थी। उनके सम्मुख इनकी क्या बिसात?

आखिर कवि ने ही मार्ग सुझाया—
अफीम पर बिना अतिरिक्त बोझ बढ़ाए, जन-सट्टा केन्द्र शुरू किए जाएँ।

#

अब तस्कर कविता लिखते हैं।
सट्टेबाज नुक्कड़ों पर जन-कविता सुनाते हैं।

इससे उनका नैतिक बल बढ़ा है और बिना अतिरिक्त निवेश के तस्करीकृत अफीम में दस प्रतिशत का उछाल आया है।
सट्टे से जनता में भाग्य से लड़ने की ताकत आई है।

#

पहले इलाके में तस्कर थे, अब इलाका तस्कर है।

सट्टे वाले हर साल एक काव्य-संग्रह छपाते हैं और आईजी की अध्यक्षता में लोकार्पण कराते हैं। कवि थाने में जन साहित्य अकादमी स्थापित कर रहा है।

#

अगले थाना लिटरेचर फेस्टिवल की थीम जन-क्रान्ति है।

भाग लेने को मरे जा रहे राजधानी के कुछ महाकवि पूछ रहे हैं—
वहाँ रात में, अफीम कित्ती मिलेगी?

28

कवि एक बार अफवाह के धन्धे में उतरा

कहते हैं, यह तब की बात है जब वह कवि नहीं हुआ था।

किसी ने बताया था, अफवाह में सिर्फ फुसफुसाहट का निवेश होता है। थोड़ा झूठ और थोड़ी नमक-मिर्च। हल्की बदमाशी, मामूली-सा द्वेष। बस हो गया। आनन्द ही आनन्द।

कवि का सनातन सिद्धान्त—न्यूनतम निवेश, अधिकतम परिणाम।

#

पहली अफवाह उसने पड़ोसी की कमाई के बारे में उड़ाई। थोड़ी उड़ी, थोड़ी चली, बैठ गई।
फिर उसकी लड़की के बारे में, फिर उसने सम्पूर्ण कलात्मकता के साथ एक सुन्दरी से अपने कथित प्रेम के बारे में, उड़ाई।

सुन्दरी सहज न्याय की पक्षधर निकली।
मूल स्रोत को चौराहे पर पीट दिया।

#

अब कवि अफवाह नहीं फैलाता, कविता करता है।

#

कविताई, अफवाह से ज्यादा सुरक्षित है।
कविता में, वह देह हो या समाज—
कहीं भी घुस जाता है और सुरक्षित निकल आता है।

अफवाह की धारा भी नहीं लगती।

29

कवि ने एक दिन मूड में आकर तीन तीतर मार दिए
मारने के बाद उसे गहरा सन्तोष हुआ।

#

एक दिन मूड में आकर दो खरगोश मार दिए।
मारने के बाद उसे अद्भुत शान्ति मिली।

#

एक दिन उसने मूड को गोली मार दी।
उसे मोक्ष प्राप्त हो गया।

#

अब वह आलोचक है।
तीतर-खरगोश तो उसके चाकर ही मार लाते हैं।
वह तो बस उनकी क्वालिटी चेक करता है।

जब कभी क्वालिटी गिरी हुई होती है, वह कविताई में पाए गाढ़े अनुभव की मसालदानी लेकर उतर जाता है।
मसालदानी में न जाने क्या है।
कड़ाही में गिरते ही, किचन में चाहे खरगोश बने या तीतर—
वैरी टेस्टी!
वैरी-वैरी टेस्टी!!

30

कवि एक दिन मौज में आकर पॉकेटमारी करने निकला
सचिवालय जाती बस में चढ़ा और आँखों से अपने स्टैंडर्ड की जेबों का एक पैनोरेमिक व्यू लिया।
उसकी तीखी नजर से कहाँ छुपता कि रूट के दो पुराने जेबकतरे बस में मोर्चा जमाए हुए थे।
शगुन के लिए उसने एक ए-ग्रेड जेब काटी और अपनी जेब में डाल ली।
दोनों पुराने खिलाड़ी एक-एक करके चार पॉकेट मार चुके थे कि अगला स्टॉप आ गया।

दोनों उतरे तो कवि ने उनकी पॉकेट उड़ा दी।

#

कवि जब अगले स्टॉप पर उतरा तो दोनों पॉकेटमार फूलमालाएँ लिए उसका इन्तजार कर रहे थे।
पैर पकड़ लिए।
कवि खुश हुआ।
उसने लाड़ में आकर एक को प्रेम कवि बना दिया, दूसरे को शौर्य कवि।

#

आजकल पहला पेंटिंग्स के धन्धे में है और पिकासो से नीचे नहीं उतरता। दूसरा डिफेंस के धन्धे में है और देश से कम पर बात नहीं करता।

#

देखो, कवि ने मौज-मौज में कैसे देश और कलाएँ बचाईं।

सोचकर देखो, कवि सीरियस हो जाए तो क्या हो?

31

कवि ने आम का पेड़ बोया
बबूल निकल आया।

उसने बबूल बोया।
खजूर निकल आया।

अबकी बार उसने तय किया कि कुछ नहीं बोएगा।
खेत फसलों से भर गया।

लोग मनाते हैं कि कवि अब मेहरबानी करके सिर्फ कविता करे, बोने-बीजने का काम हम कर लेंगे।

#

कुछ साल बीते।
जनता की याददाश्त कमजोर।
जनता कवि के प्रेम में फिर पड़ी।

इस साल मेड़ के किनारे फालतू टुकड़े पर चलते-चलते जनता ने जनकवि बो दिया।

पूरा का पूरा जंगल राजकवि निकल आया।

32

कवि बाथरूम में था।

सुबह-सुबह की बात थी। वह बाथरूम में ही बेचैन हो गया। रेडियो पर किसी ने एफ़एम गोल्ड लगा रखा था। पुराने गाने चले आ रहे थे, 'आँखों में क्या जी? रुपहला बादल, बादल में क्या जी? किसी का आँचल, आँचल में क्या जी? अजब-सी हलचल...।'
उसका जी हुआ, दरवाजा खोले और जाकर मुँह बन्द कर दे। एफ़एम गोल्ड को लेकर उसकी धारणा थी कि यह पिट चुके सरकारी रेडियो वालों का ऐसा हथकंडा है जो रेडियो मिर्ची वगैरह एफ़एम किस्मों से मुकाबले के लिए अपनाया गया है। सरकार की यही एक चीज उसे नापसन्द थी। पुराने गाने ठोंककर नामों को अपदस्थ करने की इस प्रणाली के कुछ पक्षधर उसके घर में भी पैदा हो गए थे, इस पर उसे बड़ी झुँझलाहट होती थी। वह विचार की हर एक फ्लड लाइट के नवल प्रकाश में नहाने का शौक़ीन था मगर फ्लड लाइट का ब्रांड पहले देख लेता था।

मगर क्या कीजिए, जीवन में ऐसा होता है।

#

बाथरूम के फव्वारे से सिर पर गिरते पानी की गुनगुनाहट के बीच उसका ध्यान गया कि पिछली शादी के वक्त वह जब अपने असली शहर गया था तो कितनी मुश्किल हुई थी।

घर क्या है, माँ की वजह से है। माँ के साथ मुसीबत यह है कि कुछ भी हो, प्यार करना ही होता है लेकिन घर की शादी-छाप भीड़ में अजीबोगरीब किस्म के लोगों से घिरे हुए आप हर पल बाथरूम के बारे में सोचते रहें तो यह अपने और माँ के साथ अन्याय ही होगा। इसलिए बाथरूम का उचित इन्तजाम जरूरी है।

घर वाले भी जानते थे कि कवि पचास पार होकर पुरानी चीजों से ऊपर उठ गया है। इसलिए एक सामंजस्य बैठ गया था कि जब कवि शहर में आता तो अपने पुराने घर की बजाय होटल में ही ठहरता और बाथरूम में खूब नहाकर, क्लीन शेव करके, 'फा' वगैरह छिड़कर आमलेट का नाश्ता करके, सेवा करनेवाले को दो-चार रुपये टिकाकर ही आगे बढ़ता था।

पिछली बार का बाथरूम खराब था। कमरा रद्दी था और लड़का बोगस था। उसने आमलेट मँगाकर कहीं से दिया जो ठंडा और जलकर खाक था। सूट का हैंगर कवि नियम से अपने सूटकेस में रखकर चलता था, मगर बाहर निकालकर टाँगने की इच्छा हुई तो किसी खूँटी या दीवार को उसके लायक नहीं पाया।

जीवन में ऐसा होता है। कवि ने फिर सोचा।

#

फव्वारे से गिरती गुनगुनाहट के बीच कवि तनाव-मुक्ति के इरादे से खुद से बोला,...पर शाम को लोकल व्हिस्की के एक घूँट ने भी मार डाला होता अगर वह अपनी शिवास रीगल सूटकेस में डालकर न ले गया होता।

कवि पानी में ही मुस्कुराया। फव्वारे को होंठ पर गिरने देते हुए उसने उदास भाव से उस लड़के और अपनी व्हिस्की को एक साथ स्मृति दान की।

उसकी इच्छा हुई कि अब शैम्पू लगाया जाए। फव्वारा बन्द किया और सामने पड़ी शीशियों में से एक को उठाया। शीशी खाली थी। उसकी ब्रांड का शैम्पू खत्म था।

आप सोच सकते हैं, जो आदमी पचास पार का होकर अपने बालों के कालेपन के लिए किसी भी आधुनिक विचारधारा की डाई से काम चलाने तक उदार हो चला हो, उससे शैम्पू की ब्रांड तक चुनने का अधिकार छीन लिया जाए तो कैसा लगेगा?

#

यह सवाल कवि ने टीवी की एक बहस में भी उठाया था। हालाँकि सवाल बिलकुल ऐसा नहीं था लेकिन फिर भी वैसा ही था।
उस दिन भी सरकारी पार्टी के प्रवक्ता को टीवी वाले अरेंज नहीं कर पाए थे और दोहरा दायित्व उसके कन्धों पर आ पड़ा था। वह मानता था कि सरकार चलाना मुश्किल काम है और सरकार के पक्ष में बोलना और भी मुश्किल। यह उसकी विलक्षण प्रतिभा ही थी कि किसी भी हद तक जाकर यह करता था, करके ही रहता था और करने में करने का हिस्सा उस स्तर का होता था कि कोई कुछ नहीं कर पाता था।

उस दिन भी कवि ने नयनाभिराम तलवारबाजी की। अन्त में एकदम नए संवाद से सबको चित किया—'आप भैंस को कितना भी नहला लें, वह सफेद नहीं हो जाएगी।'

#

ओह, क्या भैंस नहा रही थी? भैंस बाथरूम में थी?

नहाने और सफेद होने के विचार के बीच कवि को झटके से याद आया कि, वह अपने बारे में सोच रहा था।
कि, वह बाथरूम में है।

कि, फव्वारा बन्द है।
कि, वह शैम्पू ढूँढ़ रहा है।
कि, बालों को कल ही काला कराने की वजह से उनमें एक ख़ास किस्म का रूखापन मौजूद है।
कि, उसकी ब्रांड का शैम्पू ही इस पर बेहतर असर कर सकता था पर उसके ब्रांड की शीशी खाली है।

दूसरी और तीसरी शीशी बेटे की ब्रांड की थी जो कवि की पसन्द से अलग थे।

चौथी शीशी रीठे-आँवले वाली बाबाजी ब्रांड शैम्पू की थी। यह ब्रांड उसके विचार से टकराया। ऐसा लगा जैसे वह पत्नी से टीवी पर बहस कर रहा हो।
बाबाजी का शैम्पू बाथरूम में आया कैसे? बाबाजी उसकी विचारधारा से टकराते थे। बाबाजी सरकार को कोसने के धन्धे के बावजूद जबर्दस्त प्रॉफिट कमा रहे थे। अब वे बाथरूम में भी घुस गए थे।

पहली शीशी—लेफ्ट-कवि की अपनी—खाली थी।
दूसरी-तीसरी—सेंटर लेफ्ट—सेंटर राइट बेटे की थी।
चौथी—राइट—भरी हुई थी—बाबाजी की थी।
कवि के सम्मुख वाम और दक्षिण के बीच विकल्पहीनता का जबरदस्त सीन खड़ा हो गया।

#

कवि की शीशी और बाबाजी की शीशी—विचार के दो सिरे थे।
बाल, कवि के सिर पर थे और शैम्पू बाबाजी की शीशी में।
क्या उसे इस शैम्पू से सिर धो लेना चाहिए? क्या बीच की दो ब्रांड, जो बेटे की पसन्दीदा ब्रांड थी, सैद्धान्तिक दृष्टि से ज्यादा ठीक नहीं होगी?

कवि के लिए शैम्पू में सैद्धान्तिक विकल्पों की यह स्थिति विकट संकट लेकर आई। क्या वह खाली पड़ी लेफ्ट की स्थिति में सेंटर राइट या सेंटर लेफ्ट हो या एकदम राइट हो जाए?
उसने अतीत के फैसलों की नजीर से इस मुकदमे का हल निकालने की कोशिश की।

#

घिसी हुई बात है, जीवन एक स्टेज है।
सधी हुई बात है तकनीकी तौर पर चीजों को सिद्ध होना ही होगा वरना कवि का जीवन व्यर्थ है।

कवि ने जीवन की रामलीला को साधा था।
वह बचपन में रामलीला में राम इसीलिए नहीं बनता था कि राम बननेवाले को रामलीला पूरी होने तक उपवास करना होता था। कहते तो यहाँ तक हैं कि 'बाल कवि' रिहर्सल के दिनों मे कुछ अंट-शंट खाते-पीते, सिगरेट-माचिस वाले लड़कों के साथ देख लिया गया था इसलिए राम का पार्ट मिलते-मिलते रह गया। फिर भी कवि ने अपने उज्ज्वल रूप की सिद्धि के लिए हार नहीं मानी और दो मिनट का वह रोल पाकर ही दम लिया जिसमें सीताहरण के दौरान उसे साधु बनकर सीता के सम्मुख जाना था। लीला में होता यह था कि जैसे ही सीता माता भिक्षा देने आगे आती थी, स्टेज की बत्ती एक क्षण के लिए गुल होती, वह साधु-पात्र तत्काल स्टेज से हट जाता और उसका स्थान रावण बना कलाकार ले लेता था। क्षण में साधु से असुर में बदल जाने का यह छल दर्शकों को रोमांच से भर देता। कवि का काम एक डायलॉग में ख़त्म।
इसीलिए, उसे जीवन की सम्पूर्ण रामलीला में 'भिक्षाम् देहि' के अलावा कोई संवाद नहीं कहना पड़ा और तकनीकी तौर पर साधु दिखने से नीचे वह कभी नहीं गया।

#

तो आज बाथरूम में साधुत्व की सिद्धि का समय है।
बाथरूम है कि जंगल हो गया है। जंगल में बाबाजी हैं। बाबाजी शैम्पू लिए बैठे हैं। कवि आज भी नीचे नहीं उतरना चाहता।

कहने को कवि लीला में डबल रोल का पहला हिस्सा था लेकिन वस्तुत: एक रोल के साधुत्व पर तो उसका सौ प्रतिशत कब्जा था ही। प्रकटत: वह कोई और होता था जो दुष्टत्व के प्रतीक के रूप में उसका स्थान लेता था। यदि वह इस शैम्पू को लगा ले तो क्या बाबाजी के प्रॉफिट में अपना योगदान देकर सरकार द्रोही नहीं हो जाएगा?

नहीं, भीतर के साधु ने कहा, क्योंकि शैम्पू पहले ही खरीदा जा चुका है। अभी वह सिर्फ बाथरूम में है और अभी वह इसका-उसका न होकर सिर्फ शैम्पू है। शैम्पू का मूल धर्म सिर धोना है। चाहे जिसके बाल हो, इसे धोना ही होगा।

यह उसके धोने की परीक्षा है, यह बालों के विचार की परीक्षा नहीं है। यह उसके लिए किसी पद्मश्री की पात्रता और कैटेगरी तय करने की कवायद नहीं है।

अपनी तिरछी दृष्टि को बीच के दो विकल्पों पर घुमाते हुए कवि ने बाबाजी वाला शैम्पू उठा लिया।
शायद कोई अन्त:प्रेरणा काम कर रही थी।
बाबाजी ब्रांड शैम्पू की शीशी उठाने से पहले कवि ने गुनगुने पानी का फव्वारा फिर शुरू किया ताकि बाल गीले कर सके।

बाल अपनी-अपनी तरह से शैम्पू की परीक्षा के लिए तैयार हो रहे थे।

एफएम गोल्ड ने पुकारा—
होई वही जो राम रचि राखा
को करि तरक बढ़ावहि साखा।

राम सियाराम, सियाराम जय-जय राम!

कवि ने तेज फव्वारा चलाया और उससे भी तेज एक जिंगल गाया—'पर पा पा पा, आय एम लविंग इट!'

बाबाजी ब्रांड शैम्पू सिर पर लग रहा था और झाग बन रहा था। फव्वारा रोककर कवि ने और मलना शुरू किया।
झाग बनता जाता था, जड़ी-बूटी की खुशबू आती-जाती थी और कवि उसका बालों पर परीक्षण करने की दिशा में आगे बढ़ता जाता था।

बूँदें कम ली थीं, फिर भी झाग था कि बने जा रहा था। कवि हाथ चलाता, रेशमी-मुलायम सम्भावनाओं के झाग के बुलबुले उठते-मिलते-फूटते-फिर मिलते।
यह एक सुन्दर अनुभव था।
विकल्प की तलाश में विकल्प की धज्जियाँ बिखरने की वैधानिक नैतिकता के निर्वहन का अनुभव।
सम्भावनाओं और आशंकाओं के केशों तथा खोपड़ी के बीच दोस्ताना संघर्ष का अनुभव।
प्रॉफिट और सरकार की तार्किक क्षमताओं के बीच विचारों का ऑडिट करती उँगलियाँ।
गर्दन से सीने तक उतरते झाग के रेले।
ये बाथरूम, ये फव्वारा, ये शैम्पू, ये जिन्दगी के मेले।

कवि मलते-मलते ध्यानस्थ हो गया।
कुछ क्षण बीते। वह भीतर से बाहर लौटा।
चेतन होकर तेज धार से उसने समस्त झाग धो डाले।
देर तक बाल धुलते रहे। बदन का एक-एक हिस्सा गुनगुने पानी से ऊर्जस्वित हो उठा। कवि भूल गया कि वह एक सैद्धान्तिक परीक्षा में उतरा था। उसे खयाल ही नहीं रहा कि कब बाबाजी का शैम्पू उसके बाथरूम में उतरा, कब उसके सिर पर झाग बनकर उतरा, कब उसके वैचारिक संघर्ष की

सत्ता को चुनौती देता उतरा। कब उसकी देह को धोता हुआ ड्रेनेज में विलीन हो गया।

कवि ने बाल पोंछे।
बदन पोंछा।
चारों शीशियों के लेबल निकालकर फाड़े और क्रम बदलकर रख दिया।

अब बाबाजी का शैम्पू लेफ्ट में था या उसकी अपनी खाली शीशी राइट में थी, यह वाम-दक्षिण समस्या कवि के बाथरूम के अलावा कौन जानता था? अब तो सबके लेबल नष्ट थे, शीशियाँ सब एक-सी।

#

धड़ाधड़ बाहर आकर कवि ने सूट पहना।

श्रीराम सेंटर की रामलीला गजब की होती है। कवि को पहली पंक्ति में बैठना था। उस दिन की मुख्य अतिथि के करीब बैठना था। मुख्य अतिथि, सिर्फ मुख्य अतिथि नहीं थीं, पद्मश्री बाँटनेवाली कमेटी की सर्वेसर्वा थीं।
तैयार होकर कवि ने कुछ उठाने के लिए हाथ बढ़ाया।
यह क्या...? घड़ी अपनी जगह से गायब थी।

कोहराम मच गया।

#

रोलेक्स यहीं थी, यहीं कहीं थी।
रामलीला होनी थी, वक्त पर होनी थी।
सूट डटा हुआ था, आसमान फटा हुआ था।
रोलेक्स के बिना कलाई काँप रही थी।

कवि काँपती कलाई से वक्त की रामलीला कैसे पकड़ेगा?
हा राम! हे राम!!
ले
फ्ट, राइट, सेंटर, सेंटर लेफ्ट, सेंटर राइट, वाम, दक्षिण, वाम, मध्य...।

बाथरूम में शैम्पू की शीशियाँ हटाकर देखा, गिराकर देखा, तौलिये में देखा, फ्रिज पर देखा, आईने पर देखा, बच्चों के जूतों और बीवी की साड़ियों में देखा।

रोलेक्स कहीं नहीं थी।

#

श्रीराम सेंटर की घंटी दिमाग में टनटना रही थी।
ट्रैफिक जाम। मंडी हाउस का रास्ता ब्लॉक। पूरा पेज श्री खचाखच। श्रीराम सेंटर की पहली लाइन फुल। पद्मश्री कमेटी का पड़ोस फुल।
सीता मैया राम से कुछ कह रही हैं। मनोहर सिंह की मशहूर आवाज पीछे से गूँज रही है।
कवि कोने में खड़ा काँप रहा है।

स्टेज पर नयनाभिराम रामलीला, भीतर भयानक हाहाकार!

बाबाजी के शैम्पू पर सिद्धान्त की परीक्षा में फँसकर बाथरूम में देर न की होती तो रोलेक्स और रामलीला के बीच यह टंटा खड़ा नहीं होता। सिद्धान्त कन्फ्यूज करते हैं, रामलीला चालू हो जाती है। घड़ी हाथ से निकल जाती है, पद्मश्री कमेटी के मेम्बर का पड़ोस हाथ से जाता रहता है।

कवि पसीना-पसीना हो गया।

#

कवि को सरकारी एफएम और श्रीराम सेंटर की रामलीला दोनों कन्फ्यूज करते हैं।
भक्ति है कि काव्य है? धर्म है कि संस्कृति है? भगवान है कि कलाकार है? अतीत है कि सभ्यता और संस्कार है? शैम्पू है कि बाबाजी का ज्ञान है? स्नान है कि ध्यान है?

कवि सोचते-सोचते चेतना खो रहा है।
कवि लगभग अर्धचेतन है कि उसे लगता है कुछ लोग बाँहें उठाए उसे लिये जा रहे हैं। उसे कुर्सी पर बैठा दिया गया है। चार रिपोर्टर और दो अफसर एक झटके में पहचान गए हैं। हाथ में जलेबी और पानी की बोतल लिए खड़े हैं। कवि की चेतना लौटने लगती है।

#

रामलीला आगे बढ़ रही है।
सीन में सीता के सामने रेखा खींचकर ये लक्ष्मण गए और वह साधु प्रकट हुआ।
सीताजी भिक्षा देने के लिए आगे बढ़ी।
कवि एकदम कुर्सी से उठ खड़ा हुआ।
अचानक तेज संगीत के साथ बिजली गायब हुई। साधु पीछे गायब हुआ, कथकली का कलात्मक रूप धरे वास्तविक रावण कलाकार उसकी जगह गर्जना करते खड़ा हो गया।

#

बिजली लौट आई। कवि का बचपन सामने खड़ा था।
जैसे ही भयंकर गर्जना के साथ रावण ने सीता मैया के सम्मुख नृत्य शैली में अपने हाथ थरथराए, कवि ने देखा कि उसके हाथ में उसकी खोई हुई रोलेक्स बँधी हुई है।
दूसरे ही क्षण कवि की तीव्र दृष्टि ने उस साधु पात्र को भी देख लिया जो सामने से गायब होने के बाद भी स्टेज के पीछे सटकर खड़ा हुआ था।...

और, इससे ज्यादा खतरनाक बात क्या हो सकती थी कि उसके हाथ में बाबाजी वाले शैम्पू की शीशी थी। वही शीशी जिसका सैद्धान्तिक परीक्षण करते हुए कवि ने अन्ततः लेबल फाड़ दिया था।

वह गुनगुना पानी, वह झाग ही झाग, वह वैचारिक सत्ता को चुनौती देकर ड्रेनेज में उतर गई पानी की धार। सामने रावण, पीछे साधु। पीछे शैम्पू, आगे रोलेक्स। स्टेज पर रामलीला। क्या कोई साजिश इस स्तर तक भी पहुँच सकती है? कि, कवि की रोलेक्स उसी वक्त गुम जाए और शैम्पू की शीशी उसी वक्त खाली मिले जब कवि राष्ट्र के सम्मान में पद्मश्री की पहली सीढ़ी सुनिश्चित करने पहुँचने वाला हो?

उसे लगा जैसे उसके बालों से शैम्पू का झाग निकलकर साधु के हाथ में पकड़ी बाबाजी की शीशी की तरफ खिंच रहा है और रावण हर मुद्रा से, कलाई पर बँधी उसकी ही रोलेक्स से उसकी ही आँखों पर रोशनी की तेज किरण फेंक रहा है।

कवि जलेबी का दोना लिए हुए, स्टेज की ओर दौड़ा।

लेकिन अफसोस, वह ज्यादा नहीं दौड़ पाया।
पहली पंक्ति के दर्शकों के पैरों में उलझकर जल्दी ही जमीन पर गिर पड़ा। हाथों से दोना छूट गया। जलेबियाँ बिखर गईं और कुछ उस क्षेत्र में गिरीं जहाँ पद्मश्री बाँटो कमेटी की मेम्बर मुख्य अतिथि विराजी थीं।

#

आगे कवि को कुछ याद नहीं—वह सर गंगाराम अस्पताल में रहा, जी.बी. पंत में या आरएमएल में या एम्स में, या किसी प्राकृतिक चिकित्सालय में।

#

फंतासी का आखिरी सीन पूरा करने वह एक दिन फिट होकर लौटा।

#

फिट कवि ने शैम्पू की फ्रेंचाइजी ले ली है।
पूरे घर में रोलेक्स के पोस्टर लगे हैं और 'बाबाजी के शैम्पू में जनचेतना का तत्त्व' विषय पर वह अपना वीडियो शूट करवा रहा है।

उसे उम्मीद है कि जैसे ही हर की पौड़ी से राज्यसभा का नम्बर लगेगा, वह रोलेक्स पहनकर शपथ लेगा।
और...
...और फिर, एक जबरदस्त रामलीला करेगा।

आगे, फिर से बाथरूम में नहाते हुए, फिर से लगे ध्यान में उसने देखा—
कि, अपनी प्रायोजित रामलीला के साधु को पद्मश्री देकर वह जोर-जोर से हँस रहा है।
कि, हँसते हुए उसका चेहरा दशानन में बदल गया है।

पीछे से चौपाई चल रही है—

सफल मनोरथ होइं तुम्हारे।
रामलखन संग भए सुखारे॥

राम सियाराम, सियाराम जय-जय राम!
....

वाचक-पाठक कृपया ध्यान दें—कवि का नल कनेक्शन कटा हुआ है। उसके बाथरूम में पानी नहीं आता।

*1936 वो साल है जब घीसू और माधव प्रेमचन्द की मार्मिक कथा 'कफ़न' में प्रकट हुए थे

33

कवि को घीसू और माधव मिल गए

कवि ने पूछा, कफन के पैसे कहाँ है?
घीसू ने कहा, तुम्हें क्यों बताएँ?
कवि ने कहा, तुम्हें अपना और अपनी पीढ़ियों का भविष्य देखना है कि नहीं?
माधव ने कहा, कफन के पैसों से भविष्य कैसे देखेंगे?
कवि बोला, तुम खा-पीकर उड़ानेवाले कफन बेचू कहलाना चाहते हो?
घीसू ने हाथ जोड़ लिए, भूख तो लगी है मगर ये आपको कैसे पता लगा कि हम कफन के पैसे भूख में उड़ानेवाले हैं।
कवि ने मूल प्रश्न उठाया, तुम एक बार भूख से मुक्त होना चाहते हो या हमेशा के लिए भूख को खत्म कर देना चाहते हो?

घीसू ने माधव से कुछ कहा।
माधव ने घीसू से कुछ कहा।
उन्होंने कवि के सामने पैसे निकाल कर रख दिए।

कवि ने पैसे उठाए और कलाली की तरफ चल दिया।

माधव पूछता है, हम भी तो उधर ही जा रहे थे।
घीसू बताता है, कवि भी तो उधर ही जा रहा है।
माधव कहता है, पर वह हमारे लिए जा रहा है।
घीसू कहता है, हमारी पीढ़ियों के लिए जा रहा है।

#

कवि कलाली में है।

#

अरे, अभी भी कलाली में है।

#

कफन के ऐसे कितने पैसे थे?

34

कवि को एक दिन कबीर मिल गए।

दरअसल कबीर कवि को नहीं मिले थे, कवि कबीर के यहाँ जा धमका था। वे अपने पड़ोसी के लिए चादर बुन रहे थे।
कवि ने कहा, ये तो कविता का टाइम है। आप दूसरों के लिए चादर बुन रहे हैं।
कबीर बस मुस्कुराकर रह गए। कुछ बोले नहीं, चादर बुनते रहे।

कवि को उनका फेसबुक लाइव करना था।

उसने कबीर से कहना शुरू किया, आप जरा बाएँ हो जाइए। चादर को ऐसे पकड़िए और उँगलियों को जरा ऐसे चलाइए। जो ताना है, उसे ऐसे छुएँ। गर्दन को थोड़ा खम दे दें। बीच में बायाँ हाथ आसमान की ओर करें और कहें, 'ये देश है वीर जवानों का।' फिर आपकी दो-दो लाइनें होंगी। ये सब अगली पीढ़ियों के लिए दर्ज हो जाएगा। यह क्षण अमर हो जाएगा। जरा ऊपर देखिए, अहा! क्या ऐतिहासिक रंग जमता है।

कबीर ने कहा, तुम्हें रंग पसन्द है? ये दुपट्टा लो, कल ही पूरा हुआ।

पड़ोस की गली में जाकर रँगरेज से मनचाहे रंग में रँगवाकर ले आओ। अच्छा लगेगा।

#

कवि दुपट्टा लिए फरार है।

#

कालान्तर में वह इतिहास के धन्धे में उतर गया।
उसने एक म्यूजियम बनाया।
दुपट्टे की करोड़ों कॉपियाँ बनाईं।
उसके पास कबीर का पेटेंट है।

कबीर को उसकी सूरत भी याद नहीं।
वो तो अभी भी नए पड़ोसी की नई चादर बुन रहे हैं।

35

कवि ने सोचा, दंगा करवाना चाहिए

बहुत दिन हुए उसकी कोई फरमाइश पूरी नहीं हुई।
पहले यह था कि वह सिद्धान्त बनाता था और राष्ट्र मान लेता था।
फिर सिद्धान्तकार अपॉइंट करता था और इतिहास-वर्तमान सब लाइन में लग जाते थे।

उसने पाठ बताए, लोगों ने रट लिए।
उसने नारे बनाए, लोगों ने पहन लिए।
उसने अपने हिसाब से सड़कों के नाम रखे और लोग उस पर भविष्य का मार्ग मानकर चलने लगे।
विचार ऊपर से आते थे, नीचे तक अचार की तरह खाए जाते थे।

कवि बीच-बीच में शान्ति की डिमांड बनाए रखने के लिए दंगे करवा देता था।

#

उसने एक दिन उड़ती-उड़ती सुनी कि, आजकल लोग उसकी दी हुई शान्ति

नहीं माँगते।
शान्ति पर समाज की इतनी आत्मनिर्भरता बुरी है।
सो, उसने फेसबुक पर एक ताजा तीली पोस्ट कर दी।

अरे यह क्या?
लोगों ने तीली की डिबियाएँ बना दीं और उसी के घर माचिस का ट्रक भेज दिया।

#

कवि अनशन पर बैठेगा।
कितना बुरा समय है—
लोग कवि की दी हुई तीली को डिब्बी बनाकर कवि को ही लौटा रहे हैं।

#

बेचारा कवि, अब अपने हिसाब से एक दंगा भी नहीं करवा सकता?

36

कवि को गोदी बहुत पसन्द थी
गोदी में ही उसकी कविता उपजती और चैन पाती थी।

युगों-युगों वह जिस गोदी में बैठा उसका गुदगुदापन ही कवि का गुदगुदापन हो गया।

उसी में खिला, उसी में खुला, उसी में खेला, उसी में दूध के दाँत आए।
उसी के प्रेम में कविताएँ लिखीं।
उसी गोदी में रोया, दूध पिया, गीला किया और वस्त्र बदले।

एक दिन चमत्कार हुआ।
गोदी गायब हो गई, कवि धरती पर आ गिरा।

#

अब वह गोदी-निरपेक्ष क्रान्ति का अग्रदूत है।
वह जो लिखता है, वह धरती की पुकार है।

बाकी जो लिखते हैं, वह गोदी-कविता है।

#

धत् वो भी कोई कविता है?

37

कवि का ट्रैफिक वाले ने चालान बना दिया

मन्दी को देखकर मन्द-मन्द तैरता हुआ कवि कश्मीर से अशान्ति की खबर का इन्तजार कर रहा था कि ट्रैफिक वाले ने चालान बना दिया।
उसने सूक्ति कही—
श्रीनगर से गाजियाबाद तक सरकार का दमन चक्र एक जैसा है।

#

रात का वक्त था। रसरंजन से लौटता कवि रात्रि में और अधिक पवित्र हो जाता है। इस घोषित सिद्धान्त के आधार पर कवि में पवित्रता का ज्वार आया हुआ था। कर्तव्यपरायण कवि राष्ट्रीय और अन्तरराष्ट्रीय समस्याओं से घिरा रहता था। उसके सड़क पर होने से, सड़क सड़क नहीं रहती, अन्तिम आदमी की समस्याओं पर पसरी टिप्पणी हो जाती है। उसके विचारों के सम्मान में बिछा एक जनधर्मी रेड कार्पेट, जिस पर चिन्तन-वॉक करता हुआ कवि अपने लक्ष्य को प्राप्त होता है।

विचार कहता था—वह सड़क पर था ही नहीं।
पर, व्यवहार कहता था—वह सड़क पर था।

#

ब्रीथ एनालाइजर से उसके मुँह की पवित्रता का नाप लेकर पुलिस वाले ने कहा, दुगुना चालान बनेगा। एक तो हेलमेट गायब है, दूसरा भयंकर पीकर चला रहे हो। गाड़ी साइड में लगाओ और लाइसेंस निकालो।

कवि मुसकाया, 'तुम्हारी भी मजबूरी है। सरकार के आतंक में जी रहे हो। यह तुम नहीं कर रहे, तुम तो तानाशाह के महज एक टूल हो। तुम पर करुणा आती है।'

पुलिस वाले ने कहा, 'करुणा का लाइसेंस बाद में देख लूँगा। पहले अपना लाइसेंस निकालो।'
'देखते नहीं मन्दी आ गई है। तुम्हें तो विद्रोह करना चाहिए।'

'विद्रोह भी बाद में देख लेंगे, पहले अपना लाइसेंस निकालो।'

कवि ने उत्तर दिया, 'लाइसेंस सरकारें बनाती हैं। सरकारें हमारे लिए है या हम सरकारों के लिए हैं? लाइसेंस हमसे है या हम लाइसेंस से हैं? तुम्हारी और हमारी पहचान क्या इस कागज के एक पुर्जे की रह गई है?'

पुलिस वाले ने कहा, 'अगली बार तू अपना वोट बदल लेना। अभी तो लाइसेंस निकाल वरना एक धारा और ठोंकते हैं।'

कवि को अब जाकर उस पर प्यार आया।
ट्रैफिक वाला जब तक सम्मान से बात करे वह सामन्ती व्यवस्था का चालू एजेंट लगता है। उसे खाँटी मनुष्य होने के लिए तू-तड़ाक पर आना चाहिए। लोकधर्मिता और जनाकांक्षाएँ तभी प्रकट होती हैं। उसने मन-ही-मन कहा, बस यह एक बढ़िया वाली गाली और दे-दे तो व्यवस्था का जनधर्म पूरी तरह स्थापित हो जाए।

'तुम बिना चालान बनाए कितने में छोड़ दोगे?'

ट्रैफिक वाला फिर भी सम्मान की मुद्रा में स्थिर रहा, 'इतना हिसाब क्यों कर रहे हो? लाइसेंस निकालो फिर देखते हैं। इतना भारी जुर्माना है कि टेन परसेंट का टुकड़ा भी देना मुश्किल हो जाएगा। आजकल तो हम दया करें तो भी कितनी कर लेंगे?'

तब तक उसने कवि की गाड़ी का हैंडल भी कसकर पकड़ लिया था। दूर खड़ा दूसरा बड़ा पुलिसवाला, इस छोटे पुलिसवाले को इशारा कर रहा था।

कवि ने कहा, 'अर्थव्यवस्था पिट रही है। देश में नफरत और घुटन का माहौल है। विचारों की स्वतंत्रता पर शिकंजा कसता चला जा रहा है। देखो दूर झाड़ी से तुम्हें भी दबाया जा रहा है।'

'भैया, अभी तो तुम पर पीकर गाड़ी चलाने और बिना हेलमेट चलने का चालान बन रहा है।'

'तुम कहाँ छोटी चीज में फँसे हो। यह व्यवस्था के विरुद्ध विद्रोह का समय है।'

'पिए हुए हो, हेलमेट के बिना कहीं भिड़ गए तो खोपड़ी खुल जाएगी। हेलमेट का नियम जुर्माने के लिए नहीं है, तुम्हारी जान के लिए है।'

'तुम सत्ता की भाषा बोल रहे हो। पर तुम दो सौ में मुझे छोड़ दोगे तो क्या मेरी खोपड़ी बच जाएगी?'
'प्यारे, अगर तू हेलमेट लगा के चले तो न मुझे दो सौ देगा, न तेरी खोपड़ी खुलेगी।'

'तो तुम्हारे पेट पर लात पड़ेगी। यह घोर अन्याय होगा। मैं ऐसी व्यवस्था के विरोध में तुम्हारे पक्ष में एक जनगीत लिखूँगा।'

'गीत का मैं क्या करूँगा? या तो मेरे पेट की चिन्ता कर, या कानून की चिन्ता कर या तेरी जान की चिन्ता कर। कोई एक काम तो कर। मैं फिर कहता हूँ, लाइसेंस निकाल।'

'लाइसेंस नहीं है। मैं कवि हूँ, कवि के लिए कोई लाइसेंस नहीं बनता।'

कवि खाना खाता है। कवि दारू पीता है। कवि हवाईजहाज में बैठता है। कवि छापाखाने में जाता है। कवि तनख्वाह लेता है। कवि जलता है, सड़क पर कचरा फेंकता है, घूरता है और प्रेम में असफल होता है। कवि अस्पताल, बैंक, स्कूल, फिल्म, रेस्टोरेंट, मोबाइल, नाचघर और क्रिकेट को भोगता है। कवि आरटीआई लगाता है और क्रान्ति का भुट्टा खाता है पर कवि स्कूटी का लाइसेंस नहीं रखता।

'क्यों तुम नागरिक नहीं हो?'

'पंछी पवन हवा के झोंके, कोई सरहद ना इसे रोके।'

'पिछली बार तुमने फीस में कैश कितने लिए और चैक से कितने?'

कवि एकदम चौंका। वह पाकिस्तान से पुलिस तक, जीएसटी-नोटबन्दी से लेकर मानवाधिकार तक, सब पर कविता बनाता आया है। ट्रैफिक वाला कविता के इतने करीब है, उसे अन्दाजा नहीं था।

'देखो भैया, कश्मीर में लोगों को दबाया जा रहा है। मन्दी में लोग पिस रहे हैं। अपना स्तर उठाओ। देश को नफरत की आँधी से बचाने का समय है और तुम हो कि चैक-कैश में उलझे हो।'

'मैंने तो तुम्हारे मुँह में मशीन डालकर पीने की डिग्री देखी है और सिर पर हेलमेट नहीं पाई है। बस यही! तुमसे लाइसेंस माँगा है, बाकी बहस तो तुमने खड़ी की है। उसे तुम्हीं समेटो।'

#

ट्रैफिक वाले ने गाड़ी की चाबी निकाल ली और जुर्माने की राशि का हिसाब बनाने लगा।

कवि का मन हुआ कि एक कागज पर ऑटोग्राफ दे दे और कहे कि, लो किसी दिन नीलामी करोगे तो करोड़ों में जाएगा। तुम भी क्या याद करोगे कि पिया हुआ कवि, पीकर गाड़ी चलाता हुआ कवि या चालान बनवाता कवि—तीनों ही लाखों की चीज होते हैं।

इस बीच हिसाब लगाकर पुलिसवाले ने बताया, पच्चीस हजार।
कवि ने कहा, गाड़ी की कीमत ही होगी पन्द्रह हजार।
पुलिसवाले ने कहा, 'तुम्हारी कीमत कितनी होगी?'
कवि ने कहा, 'कवि अमर होता है, अमूल्य होता है।'
पुलिस वाले ने कहा, 'अमरता का कोई भौतिक रूप नहीं होता।'
कवि ने कहा,
'मैं तुम्हें एक क्वार्टर दूँगा। डिग्गी में पड़ा है, एक प्रेमी से उठा लाया था।'

#

रात गहरा रही थी। कवि की गाड़ी औंधी पड़ी थी। कवि, ट्रैफिक वाले, बोतल और झाड़ी के साथ मिलकर मोटर व्हीकल एक्ट के बहाने सत्ता की फासीवादी चाल पर संयुक्त राष्ट्र स्तर का विमर्श खड़ा कर रहा था।

पुलिसवाले ने अचानक प्रभावित होकर अमरता के खाते में दारू पीकर गाड़ी चलानेवाले केस को हटाने का ऐलान किया। फिर हँसते हुए कहा, अमरता तो दारू ने बराबर कर दी। बाकी नियम तोड़ने का क्या होगा?

कवि ने कहा, बाकी पर तो क्रान्ति होगी।

#

कवि कैसे वहाँ से निकला, इसका पता नहीं पर उसके बाद से एक पर्चा घूम रहा है जिसमें छपा है, हेलमेट फासीवादी है, दिमाग को कुंद करती है। पीकर चलाना सहज मानवीय आनन्द है। लाइसेंस और कागजात साथ लेकर चलना बोझ है। दुर्घटनाएँ मौजूदा सत्ता की साजिश हैं।

#

हैरान ट्रैफिक वाला कोर्ट में कागजात मिला रहा है।
कवि की गाड़ी की नम्बर प्लेट भी फर्जी निकली।

38

कवि ने सोचा, जब भी वह सोचता है, इतना महत्त्वपूर्ण होता है
उसे समाज को देने का मन हो आता है।

अबकी बार, जब वह सोचेगा, समाज को देने की बजाय राज को दे देगा।

इतना तय करना था कि मुसीबत शुरू हो गई।

कवि को सोच आना ही बन्द हो गया।
ये खाया, वो खाया। ये पिया, वो पिया। ये आजमाया, वो आजमाया।
सोचना था कि मुमकिन ही नहीं होता था।

कवि को बहुत बुरा लगा।
ये तो घोर अन्याय है। क्या अब सोचना भी तभी सम्भव होगा, जब सिर्फ समाज को दो? अपनी मर्जी से किसी और के लिए सोच भी नहीं सकते?

क्रुद्ध कवि ने सोचने का रास्ता ही छोड़ दिया।
छोड़ते ही वह सतह से ऊपर उठ गया।

#

अब वह महाकवि है।

जूरी का अध्यक्ष है।

राज के सारे इनाम, जो समाज को जाते हैं, उसी के दस्तख़त से जाते हैं।

39

कवि झल्लाया

वह जितनी बार सन्ध्या के रसरंजन को डिनर एंड कॉकटेल में अनुवाद करने की सोचता है, क्रोध से भर उठता है। उसका मानना है कि वह क्रान्ति कहता है, लोग दंगा समझ लेते हैं। वह करुणा का रेट कार्ड बनाता है, लोग किसी एनजीओ के फ्रॉड का ताजा आँकड़ा समझ लेते हैं। वह सन् अड़तालीस कहता है, लोग सन् चौरासी समझ लेते हैं। वह राफेल कहता है, लोग बोफोर्स समझ लेते हैं। वह लालबत्ती जलाता है, लोग उसे हरी बत्ती समझ लेते हैं। वह गोभी के फूल उठाता है, लोग बम समझ लेते हैं। वह ऊँच कहता है, सुननेवाले नीच समझ लेते हैं। वह इनका करे तो क्या करे?

कवि को डर है कि कल को वह कविता कहेगा और लोग उसे कनकौआ समझ लेंगे। वह नागपुर कहेगा और लोग दिल्ली समझ लेंगे। वह राम कहेगा, लोग आराम समझ लेंगे। वह विचार कहेगा और लोग भूख समझ लेंगे।

बड़ा विचित्र समय आ गया है। वाक्य उत्तर में उदय होता है पर अर्थ दक्षिण से अस्त होता है। कवि इस निर्मम समय में गहरे डर देख रहा है।

कवि के डर कई हैं। पर जब वह डर के बारे में कहने से पहले ही क्रोध से भर जाता है। उसे डर है कि, 'डर' कहा तो लोग उसे 'हिम्मत' समझ लेंगे। वह कई बार सोचता है 'हिम्मत' ही कह दे तो लोग शायद 'डर' समझ लें। लेकिन उसे डर है कि चूँकि समझने का कोई सिद्ध पैटर्न ही नहीं है इसलिए हो सकता है कि 'हिम्मत' को कोई 'कीमत' ही समझ ले।

बड़ा विकट समय है। कवि ने ऐसा क्रूर समय कभी नहीं देखा। वह अलंकार बोलता है तो लोग गाली समझ बैठते हैं। एक बार उसने दूध-घी की नदियों का पाट नापकर एक डेयरी की बैलेंस शीट बनाई और लोगों से उसके प्रॉफिट का हिसाब माँगा। लोगों ने उसे अतीत की समृद्धि का मुहावरा समझ लिया और अमर कोश में डाल दिया। कवि की शिकायत है कि वह कब से सोने की चिड़िया का फोटो बतौर सबूत माँग रहा है और लोग हैं कि उसे भाषा की प्रतीकात्मकता का मजा समझ रहे हैं।

कवि को इस मुल्क पे दया आती है। कभी-कभी इसी दया के वशीभूत वह पुराने फोटो, पुरानी डायरी, पुरानी पत्रिकाओं के पन्ने, पुराना शहद या पुराने चावल पेश करता है ताकि मुल्क सही अर्थ पकड़ सके। मगर दुर्भाग्य, मुल्क न जाने किस भाषा के नाले में गिरकर आलू से सोना बनाना सीख लेता है, मगर कवि की भाषा में उतरना नहीं सीख पाता।

कवि के पास शब्द हैं। शब्दों से बने वाक्य हैं। वाक्यों से बने मुहावरे हैं। मुहावरों से बने प्रतीक हैं। प्रतीक से बने नक्शे हैं। नक्शों से बना देश है। देशों से बना विचार है। और विचारों से बने फिर नए शब्द हैं। मगर इतना होने के बावजूद वह कहता है, 'कोई बात नहीं' और लोग समझते हैं—'कोई बात नई'।

आखिर संकट है कहाँ? वह सोचता है, इस मुल्क के दिमाग का संकट है, वरना कवि तो 'दुरुस्त' ही कह रहा था, ये 'फुरसत' समझकर बैठ गए। वह 'क्रान्ति' ही कह रहा था, लोग 'भ्रान्ति' में लग गए।

कवि ने हाल में एक जगह 'टायर' कहा, लोगों ने उसे 'कायर' समझ लिया। एक बार वह समझाने गया कि सँभलो ये तुम्हारे 'दुर्दिन' हैं, लोगों ने इसे 'दूरबीन' समझ लिया और भविष्य की झाँकी देखने लगे।

#

कवि कहता है, कि कहे के बावजूद कोई कुछ क्यों नहीं कहता कि कवि क्या कहता है? वह चाय पीता है, केतली फेंकता है, चारपाई पर बैठता है, आँख दबाता है, हाथ चलाता है, पर्चे फेंकता है, झंडा घुमाता है फिर भी समझ नहीं पाता है कि वो क्या वजह है कि वह 'दर्पण' कहता है और उसका मतलब 'अर्पण' समझ लिया जाता है।

कवि ने संकट का हल खोजने की ठान ली है।
कोई कहता है यह भाषा का संकट है। मतलब गलत ले लिए जाते हैं क्योंकि किसी की हिन्दी खराब है तो किसी की अंग्रेजी खराब है। कवि कहता है, उसकी 'अट्टमट्टू' खराब है।

'अट्टमट्टू' क्या है? यह वो भाषा है जिसे मुल्क समझ नहीं पा रहा है। जिस दिन समझ जाएगा, उस दिन चाहे किसी की हिन्दी कमजोर हो या अंग्रेजी, फ्रेंच खराब हो गया फारसी, सही मतलब अपने आप आत्मा में उतरता चला जाएगा।

कवि को विश्वास है, 'अट्टमट्टू' में ही देश का भाषिक भविष्य है।
आप यह मत पूछिए, कि अट्टमट्टू किस देश-प्रदेश की भाषा है।

40

कवि के भी बेटे होते हैं।

कवि के बेटे भी बाकी के बेटों की तरह नालायक, होनहार, पीएच.डी. या ड्रॉप-आउट, घुन्ने या वाक्पटु, जहीन या उद्दंड, सुदर्शन या आवारा हो सकते हैं।

बाकी बापों की तरह कवि भी बेटों के भविष्य की चिन्ता कर सकता है।

#

कवि ने तय किया चाहे जो हो जाए, वह बेटों को कवि बनाएगा।
बेटे आदमी बनना चाहते थे।
कवि और बेटों में ठन गई।

आदमी बड़ा कि कवि!
बेटे कहें, आदमी।
कवि कहे, कवि।
बेटे कहें, जीने दो।
कवि कहे, वसीयत से बाहर कर दूँगा।

ठनी तो बस ठनती चली गई।
बेटे विद्रोह कर आम जनता से मिल गए।

#

कवि आदमियों की भीड़ में अपने बेटे ढूँढ़ रहा है।
शक में जिसके कन्धे पर हाथ पड़ता है, देखो तो वही आम आदमी निकलता है।

#

कवि का जन्म अकारथ गया।
अब देश का क्या होगा?

कवि तो आदमी होने से रहा!

41

कवि ने किराने की बड़ी दुकान खोली
दुकान के पीछे भी कवि का पवित्र विचार।

कवि की शपथ—
किराना यानी व्यक्ति, पंथ, धर्म—सबसे निरपेक्ष। बिना भेदभाव के तीखा-मीठा-कड़वा सब एक रखनेवाली सर्वजन हिताय जन-व्यवस्था।

कवि का उद्घोष—
बड़ी दुकान, मतलब बड़ा विचार, मतलब कारपोरेट से टक्कर।

हर जोर-जुल्म की टक्कर में संघर्ष हमारा नारा है। हल्दी की गाँठ से लेकर बिरयानी मसाले तक। एक ही तरह के पचास नामों वाले चावलों से लेकर टॉयलेट साफ करनेवाले घोल तक। झाड़ू, गुड़, कपूर, लोबान, काजू, चाकू, लाइटर, नमक, नौसादर—सब बिना भेदभाव के एक जगह।
दुर्गन्ध मारनेवाली और दुर्गन्ध फैलानेवाली बोतलों में यहाँ कोई दुराव नहीं। क्या जहर, क्या अमृतधारा?
चाहे नकद दो, पेटीएम से दो या कार्ड से। भुगतान के लिए काउंटर ही काउंटर।

#

एक दिन दुकान के सीसीटीवी कक्ष में बैठे-बैठे उसने दुकान को देखा तो इल्हाम हुआ—अरे, वह तो एक राष्ट्रीय राजनीतिक पार्टी का हाईकमान है।

वो दिन है और आज का दिन।

#

दुकान उठ गई।
पार्टी चल पड़ी।

42

कवि को जलेबी पसन्द थी

कवि को विचार भी बहुत पसन्द था।
उसके पास जो भी विचार आता, वह उसकी जलेबी बना देता।
उसने पाया कि वह उलटा चले तो जलेबी को विचार बना सकता है।

#

वह धीमी आवाज, लोचदार घुमाव, विलक्षण विनम्रता से शुरू करता और तर्क उसके सेवक हो जाते।
तर्कों से वह साबित कर देता कि कम्बोडिया नजफगढ़ पंचायत में पड़ता है और डेनमार्क, हरिद्वार में है। कभी-कभी इसका उलटा भी।
लोक चमत्कृत। कवि अवतारी।

#

एक दिन कवि को सचमुच का और पक्का हलवाई मिल गया। उसने कवि की जलेबी ली और सहज भाव से सीधी कर दी।
मूल विचार, खड़ी सींक की तरह सुलझ गया।

उसने कवि को नजफगढ़ में नजफगढ़ और डेनमार्क में डेनमार्क के दर्शन करा दिए।

#

कवि ने इसे प्रति-क्रान्तिकारी लुंपेन तत्त्वों की कार्रवाई माना और प्रस्ताव पास किया—'सारे हलवाई ट्रोल हैं। अब से इन्हें मैं अपने इलाके से ब्लॉक करता हूँ।'

#

उसके इलाके में अब विचार से लड्डू बनते हैं।
ये जलेबी से ज्यादा कारगर हैं।
लड्डू में पता ही नहीं चलता—
कि विचार कहाँ से शुरू, कहाँ से ख़तम
कि ऊपर कहाँ और नीचे कहाँ
यहाँ तक कि वाम और दक्षिण का भी पता नहीं चलता।

#

जहाँ जलेबी बनती थी, बनती रहें।
जहाँ विचार छनते हैं, छनते रहें।
कवि को कोई फर्क नहीं पड़ता।

#

धन्य है कवि, धन्य है उसकी निरपेक्षता!
...और क्या, कवि की जान लोगे?

43

कवि मनाली गया

अपने प्रधानमंत्री भी गए थे।

प्रधानमंत्री पर पूरा फीचर आया, कवि का किसी ने नोटिस नहीं लिया। इससे पहले पार्टी मसूरी बैठक कर आई थी। कवि भी मसूरी की माल पर घूमा। लेकिन वह क्या देखता है कि कुत्ते के सिर पर हाथ फिराते हुए चित्रों में वह कहीं नहीं है।

कोई कहता है, कवि खो गया है। कोई कहता है कवि सो गया है। कवि को शिकायत है कि वह सोता है तो लोग खोता हुआ कहने लगते हैं। पहाड़ों पर उसे प्रेम इसलिए आता है कि वहाँ ऊँचाई होती है और अकेलापन होता है। शिखर के अकेलेपन में भय और शान्ति—दोनों होते हैं। कवि इस पर ग्रंथ लिखना चाहता है। जाहिर है ग्रंथ आएगा तो भीड़ होगी, भीड़ होगी तो माहौल बनेगा और माहौल भी भय के साथ भरोसा देता है। कवि भय पैदा करना चाहता है, बदले में भरोसा लेना चाहता है। भरोसे का सौदा एजेंडे पर है।

तो कवि पहाड़ों की गड़बड़ पर ध्यान केन्द्रित किए हुए है। ध्यान और

केन्द्र दोनों को साधने की गम्भीर कोशिश है। उसका ध्यान केन्द्र पर है। केन्द्र में रहना उसकी मजबूरी है। वह ध्यान करते-करते केन्द्र साध लेता है। केन्द्र साधते-साधते ध्यान में चला जाता है। यह उसका 'आर्ट ऑफ लिविंग' है।

फर्ज कीजिए कहीं सुदूर पूरब में कोई शांग्रीला है। तो वह प्रधानमंत्री कार्यालय को देखता है, कि दूत भेजे जा रहे हैं, सरकार गिराई जा रही है, सांसद पटाये जा रहे हैं। पहले आग लगाई जा रही है, फिर पानी मँगाया जा रहा है, आखिर पानी से राख का पेस्ट बनाकर पूरी सरकार को तिलक लगाया जा रहा है। कवि उस तिलक के ठीक बाद, ध्यान के केन्द्र में चला जाता है।

#

कवि अपने पिटे हुए जीवन का दर्शनशास्त्र बघारकर गुप्त प्रेम की रोटी से खाता है। वह आत्म-सम्मोहन से निद्रा में जाता है और फिर सपने देखता है। सपने में सलाहकार होते हैं। स्वदेशी होते हैं। विदेशी होते हैं। साझीदार होते हैं। विनिवेश होता है। सन्देश, गोलगप्पे और चिकित्सक होते हैं। वह नीचे से बढ़ते चरण छूनेवाले हाथों को देखता है। वे हाथ जो घुटने की ओर बढ़ रहे हैं, उसके लिए अचानक पद्मभूषण के दस्तावेजों में बदल जाते हैं।

कवि आँखें खोल देता है।
सपनों के बारे में खुली आँखों से सोचता है और सोचता ही रह जाता है।

कवि को प्रधानमंत्री से जलन होने लगती है। कवि का धन्धा सोचना और का क्रेडिट प्रधानमंत्री को? बहुत नाइंसाफी है ये! चलो यही क्या कम है कि जलते हुए कवि के पास सोचना है, सोना है और चना है। कवि चने चबाता है, सोचता है और सो जाता है। इससे उसे भारत भाग्य विधाता के करीब जाने में सहूलियत होती है।

#

पहाड़ों पर जब प्रधानमंत्री कुत्ते के सिर पर हाथ फेरते हैं, कवि नीचे देखता है।

#

शिखर से नीचे मनाली। मनाली में भी कोई नाली होगी। कोई मन होगा। किसी ने कसम ली होगी। किसी ने मना किया होगा। किसी ने खैर मना ली होगी। कवि का मन नाली में अटक गया है। नालियाँ दिल्ली के करोल बाग में भी होती हैं। नालियाँ नॉर्थ और साउथ ब्लॉक में भी होती हैं। आगरा, ग्वालियर, कुमारकोम, वायनाड और अयोध्या में भी होती हैं। नाली, नाली का फर्क है।
कवि का मन जुड़ता है तो प्रकृति बदलकर मनाली हो जाती है—इसकी मनाली, उसकी मनाली, तेरी दुनाली, मेरी नाली। अहा दिल की नाली, मनाली! मनाली में मन बह निकलता है। मनाली शिखर है, मनाली प्रेम है, मनाली ऊँचाई है, मनाली गहराई है। अकेलेपन के लिए मन को ऐसी नाली चाहिए जिसमें कोई रुँधा हुआ कोना न हो। मनाली में विचारों का ड्रेनेक्स मिल जाता है जो चोक पाइप को भी साफ कर देता है। मुश्किल यही है, हर किसी को मनाली नहीं मिलती।

#

पहाड़ों पर पैर रगड़ता कवि पर्यटन विभाग के ब्रोशर देखता है। लटकी हुई लालटेन देखता है। चट्टानों के धसकने की चीख सुनता है। गुल होती बिजली, पाताल में गया पानी और देवदार देखता है। सरकार के सांस्कृतिक सलाहकार देखता है। आरामकुर्सी पर आँख मूँदे, ठेकेदार से पैर दबवाते लीडर देखता है। पहाड़ी धुन पर लोकल गाइड से मारी हुई टूटी बंसी बजाता है और थककर बैठ जाता है।

#

पगडंडी से प्रधानमंत्री की सवारी निकलेगी।
सवारी टीवी पर उतरेगी।
कवि की मनाली, प्रधानमंत्री की मनाली।
कवि फिर कुल्ला करेगा, प्रधानमंत्री फिर सलाहकार के साथ बैठकर नया मंत्रिमंडल बनाने की सोचेगा।

#

कवि को कुछ गड़बड़ लग रही है, लेकिन प्रधानमंत्री तरोताजा हैं।
मनाली के पहाड़ों जितनी गड़बड़ के लिए दिल्ली के प्रधानमंत्री-भर निश्चिन्तता चाहिए।

कवि को सन्देह है, वह सोचता ही रहेगा, मनाली में रगड़ाता रहेगा, प्रधानमंत्री देश दौड़ाता रहेगा।

#

लाख टके का सवाल है—
तो क्या कवि पहाड़ पर न जाए?

44

कवि महान ज्योतिषी हो गया

वह ग्रह-नक्षत्रों की भाषा बोलने लगा।
राहु-केतु को उसने अपना सेक्रेटरी बना लिया।
मंगल को बुलाकर मैनेजर बना दिया।
शनि को वह कविता सुना रहा था, यह सोचकर कि वह मोहित हो जाएगा
और फिर कुंडली में साढ़े साती उसके हिसाब से लगने लगेंगी।

#

शनि ने कविता सुनी।
सात दिन तक सुनी।
साढ़े सातवें दिन शनि कवि हो गया।

#

अब वह कवि, इस कवि से पूछता है—
पहचान कौन?

45

कवि की प्रयोगधर्मिता विख्यात

वह लड़कियों से पिटने पर व्यभिचार का दर्शनशास्त्र रच दे।
पिता पकड़ में आ जाए तो उसे कहानी बनाकर बेच दे।

स्कूल के दिनों में एक बार वह शौचालय में अश्लील चित्र बनाता पकड़ लिया गया था। आज श्लील-अश्लील की ऐतिहासिक बहस कला की दुनिया में उसके हवाले से जानी जाती है।

#

इस बार वह असत्य के साथ प्रयोग करने बैठा।
असत्य बड़ा घबराया, अब मेरा न जाने क्या होगा?
कहीं मुझे कविता में मिलाकर सत्य ही न बना दे?
मेरी तो पहचान ही मारी जाएगी।

#

कवि ठहरा कवि।

अगर वह मिलावट करके ही चलाए तो क्या कवि हुआ?
उसने शुद्ध असत्य उठाया और शुद्ध कविता रच दी।

तब से, सारी कविताएँ असत्य के नाम से जानी जाती हैं।

46

कवि के देश में जनतंत्र था

जनता ने एक बार कवि की नापसन्द को पसन्द कर लिया।
कवि हैरान।
कवि के मन में करुणा।
अब इस जनतंत्र का क्या होगा?

जनता ने कहा, हमने चुना है। कहते हैं, जनतंत्र में तो हम ही चुनते हैं। अगली बार किसी और को चुन लेंगे। तुम काहे दुबले होते हो?

कवि को उनके अज्ञान पर भारी दुख पहुँचा।

कवि को मालूम, वही अकेला ज्ञानी ध्यानी!
भारी संकट। अब इस जनता को कैसे बचाए?
इससे तो अच्छा बादशाहों का वक्त था। एक कविता, एक अशर्फी।
राजाओं का राज, वह राजकवि। जनता की परवाह राजा के जिम्मे।
जनतंत्र में जनता का राज, वह जनकवि। जनता की परवाह किसके जिम्मे?

कवि ने ध्यान लगाया। ध्यान में उतरते ही उसे एक सूत्र मिला—सन्देह! उसने सन्देह को ठीक से तैयार किया और मोर्चे पर उतारा। जो उसके पसन्द का नहीं, वह जनता का दुश्मन, जनतंत्र का कातिल। जनता को बचाओ।

#

सन्देह दिन-रात काम पर लगा।
पहले सन्देह अखबारों पर चिपका।
फिर सन्देह टीवी चैनलों पर चिपका।

फिर वह हर उस चीज पर चिपका जिस पर विश्वास किया जा सकता था।

न्याय, अन्याय, व्यवस्था, अव्यवस्था, हत्या, आत्महत्या, खेत, खलिहान, ट्विटर, फेसबुक, नेता, अभिनेता, जमीन, आसमान, जल, जेल, बैल, फूल, माली, नाली, गीत, संगीत, जूते, चप्पल, दोने, पत्तल, नदी, नाव, ईश्वर, पत्थर और यहाँ तक कि अक्षर और वाणी पर वही जाकर चिपक गया। इस छोर से उस छोर, सन्देह चिपकता चला गया।

कवि ने इस तरह बड़ी मेहनत से विश्वास का खात्मा कर दिया।

इतने बड़े काम को पूरा करके कवि ने चैन की जरा सांस ली ही थी कि उसने देखा, सन्देह उसकी तरफ दौड़ा चला आ रहा है।

कवि ने चिल्लाकर पूछा, सब तो सन्दिग्ध हो गया, अब क्या बचा है?

#

सन्देह झपटा—

कवि पर आकर चिपक गया।

अब कवि सन्दिग्ध है।

विश्वास के लिए जनता की तरफ हाथ फैलाए खड़ा है।

47

कवि ने दारू माफिया के साथ मिलकर गोल्फ क्लब बनाया

उसने चार नए पार्टनर बनाए—एक साम्प्रदायिकता पर भाषण देनेवाला, एक देश की रक्षा पर रिसर्च करनेवाला, एक विद्वानों को फेलोशिप बाँटनेवाला और एक 'यूँ ही'।

'यूँ ही' कभी प्राइमटाइम एंकर बन जाता, कभी किसी का सीईओ बन जाता, कभी सम्पादक, कभी प्रोफेसर, कभी ठेकेदार, कभी फिल्मकार, कभी प्रवचनकार!

'यूँ ही', यूँ ही था। वह यूँ ही कुछ भी बन जाता और यूँ ही न जाने क्या कर जाता। वह यूँ ही हाथी की बात भी पूँछ से शुरू करता और यूँ ही सूँड़ गायब कर देता। किसी को रत्ती शक न होता। वह यूँ ही जो था।

#

एक दिन सारे पार्टनर दारू पर साथ बैठे।
'यूँ ही' उनके साथ बैठने की बजाय गोल्फ खेलने चला।

दारू माफिया ने कवि से पूछा, तुम्हारे लाए तीन पार्टनर तो समझ में आए। ये चौथा कुछ समझ में नहीं आया।
कवि ने कहा, तीनों मिलकर जो करते हैं, वह यह एक यूँ ही कर जाता है। असल में ये तीनों 'यूँ ही' के लिए ही तो काम करते हैं।

दारू माफिया ने 'यूँ ही' को गोली मार दी।

#

लोगों का कहना है, गोली कवि को मारी गई थी।
वह 'यूँ ही' है जो आजकल कवि बना घूम रहा है। बाकी तीनों पार्टनरों की आत्माएँ रात में उसके साथ गोल्फ खेलती दिखती हैं।

#

दारू माफिया अब तक कन्फ्यूज है
—क्योंकि, पिस्तौल तो निकालकर कवि ने दी थी।

48

कवि ने बिल्ली पाली

कवि ने कभी कबूतर भी पाले थे।

#

कबूतरों को बिल्ली खा गई।
बिल्ली को कवि ने भाषण में ट्रेंड कर दिया।

बिल्ली उत्तम खानदानी निकली।
उत्तम खानदानी बिल्लियाँ वो हैं जो कबूतरों की सभा में शाकाहार पर भाषण देने के लिए तीन कबूतर भेंट में पाती हैं।
कवि, दो उसको दे देता है, एक शान्तिदूत के तौर पर हवा में उड़ा देता है।

#

कबूतर उसे पूजते हैं, बिल्लियाँ उसकी आराधना करती हैं।
लेकिन, कवि ने अपना मन्दिर नहीं बनने दिया।

क्योंकि,

उसे शक है, किसी दिन कलश पर बैठकर—
ये कबूतर ही गन्दा करेंगे।

49

कवि ईश्वर को नहीं मानता था

एक दिन आकाशवाणी हुई।
सिर्फ कवि को सुनाई दी।
आसमान से आवाज आई, तीन वरदान माँग लो।

कवि ने पहले कन्फर्म किया कि बोलनेवाला ईश्वर है, सुननेवाला वह अकेला।

आवाज आई, जब मुझे पता चला कि तुम मानते हो कि मैं नहीं हूँ तो मैंने सोचा सिर्फ तुमसे 'एक्सक्लूसिव' बात कर लूँ। इस तरह एक दिन तुम मान जाओगे और मेरे वरदान भी काम में ले लोगे।
कवि ने कहा, इससे क्या फर्क पड़ता है कि मैं तुम्हें मानूँ या न मानूँ। तुम तो वरदान के बारे में बात करो। वही एकमात्र सॉलिड प्रूफ है।
आवाज आई, माँग लो।
कवि ने कहा—मैं ईश्वर हो जाऊँ। जब चाहे आकाशवाणी कर सकूँ। मुझे वही सुने जिसे मैं सुनाना चाहूँ।

आवाज आई, तथास्तु!
कवि ईश्वर हो गया।

#

अब वह खुद आकाशवाणी करता है, खुद सुनता है।
और, खुद को भी नहीं मानता!

50

कवि एक बार आदिवासियों का कल्याण करने गया

उसने देखा, सारे रात में घेरा बाँधकर नाचते हैं।
पुलिस उनसे मुर्गा ले, महुए की शराब ले, अच्छी-अच्छी आदिवासिनें माँगे।

कवि मिशन पर। कवि की नजर रात और दिन अपने लक्ष्य पर।
देह का मामला, सन्देह का मामला।
कवि पुलिस पर क्रुद्ध।
कवि व्यवस्था पर क्रुद्ध।
कवि शोषण के विरुद्ध।

उसने आदिवासियों की पोशाक पहनी और रात में घेरा बाँधकर नाचने लगा।

#

होली का वक्त। जगह-जगह घेरे। जगह-जगह महुआ।
कवि इस घेरे से, उस घेरे में। इस बगल से, उस बगल में।
कवि अब आदिवासिनों का नशेलची।

कवि मुक्तिदाता। कवि विद्रोही।
कवि व्यवस्था-विरोध का देवता।

कवि को चढ़े मुर्गा, कवि को चढ़े महुआ।

#

कवि की आत्मकथा छप गई। तालियाँ!
कवि की आत्मकथा सरकारी खरीद में लग गई। तालियाँ!!
कवि आयोग का अध्यक्ष बन गया। तालियाँ!!!

#

आयोग चला स्टडी टूर।
आयोग डाकबँगले में।
आयोग को मुर्गा, आयोग को महुआ।
आयोग की रात, आयोग को नाच।
पुलिस मुस्तैद।
कवि गायब।

#

सुबह से हाहाकार है।

कवि की मुंडी हाथ में लिए, हँसिया चमकाते आदिवासी थाने में खड़े हैं।
कहते हैं, रपट लिखो, हमें अन्दर करो, ये गर्दन हमने उतारी।

रपट लिखनेवाले ने सिर उठाया—
—वह भी कवि निकला।

51

कवि एक आम आदमीवादी बहस निपटाकर लौटा था कि झुरझुरी चढ़ी

यों बहस जब भी होती है, कवि को अभ्यास है कि झुरझुरी का स्तर क्या हो, वह किसे चढ़े और कैसे उतरे। इस नई झुरझुरी ने अनाहूत किस्म का व्यवहार दिखाया था, लिहाजा वह चकित था।
आदमी को कुछ हो तो वह दवाई ढूँढ़ता है, कवि को कुछ हो तो वह क्या ढूँढ़े? कुछ लोगों का खयाल है कि परम्परा खोजता होगा। वह निराला, नागार्जुन, पाश वगैरह के नाम पर बने 'बहाने', भुट्टों की तरह सेंक कर खा लेता होगा। मुक्तिबोध का नाम फूँककर जल पी लेता होगा। पर खयाल तो लोगों का होता है। कवि लोगों के खयाल पर चले तो क्या कविताई हुई? बस खराबी झुरझुरी में है। वह कवि और अ-कवि दोनों को एक स्तर पर आती है। यहाँ तक कि वे मच्छर जो महज मच्छर हैं उनके जरिये आती है। बिना एजेंडा घोषित किए यह वर्ग, वर्ण, पद, नाम, कर्म को लाँघती आती है।

कवि की झुरझुरी बढ़ी।

उसने पोतों से प्रेम नहीं किया, नातियों से नहीं खेला, पड़ोसी को कभी अस्पताल नहीं ले गया, जहाँ नौकरी थी वहाँ टिफिन में हिस्सा नहीं बँटाया, शराब सदा दूसरों की पी, चिकन का बिल आने से पहले निकल गया, स्त्री मुक्ति की लम्बी हिमायत के बाद मुक्त स्त्री के शिकार की सम्भावनाओं में सत्य की खोज की।

कवि था, कवि की तरह रहा।

जीवनांत में रोमांटिक कैंसर की भव्य कल्पना से कभी नीचे नहीं उतरा।... कि पहले बूढ़ा हो, फिर स्वेटर पहने श्रेष्ठ बिस्तर पर अधलेटा अप्रतिम आभा की प्रतिमूर्ति, वह मृत्यु का जीवन लिख रहा हो, मर क्या रहा हो, गजब ढंग से अमर हो रहा हो।

झुरझुरी की विकट अनुभूति का परिणाम मलेरिया, डेंगू या चिकनगुनिया में बदल सकता है, यह विचार मात्र ही कवि-विरोधी था।

मलेरिया फिर भी गन्दे पानी के मच्छर से जुड़ी चीज थी। उसे वह आखिरी आम आदमी का प्रतीक कहकर कभी कविता के कच्चे माल में बदल भी सकता था। अपने शुरुआती अफसरी जीवन में उसने पहले रिश्वत का बड़ा अंश डीडीटी, मच्छरदानी और कुनैन को अर्पित किया था। तब जिस नौकरानी का इलाज कराकर उसने स्मृतियाँ अर्जित की थीं, उन स्मृतियों से उपजी कविताएँ आज भी सुपरहिट थीं।

मगर, यह जो नई झुरझुरी थी, उसके कारक मच्छर साफ पानी में पनपते थे। इसकी कोई वैक्सीन भी नहीं थी। इसकी एक ही दवा थी जो विद्या बालन से लेकर बिन्नो की चाची तक एक-सी चलती थीं। या तो मच्छर प्रवीण थे या पानी की निर्मलता ने अपना कैरेक्टर बदल लिया था।

चिकनगुनिया का साफ पानी से क्या रिश्ता है?

कवि ने कहा, साफ पानी 'एलीट' का प्रतीक है। साफ चरित्र को टीवी की बहसों में धुलते देखा जा सकता है। सफाई एक आतंकित कर देनेवाली

क्रिया है। सरकार ने काले धन की स्वेच्छया घोषणा वाली तारीख घोषित कर दी है ताकि सभी निर्मलाकांक्षी उस तारीख तक यथाशक्ति कमाए काले धन को सफेद करवा सकें। निर्मलता की रसीद, जुर्माने की राशि से लाख गुना बड़ी है। मच्छर इस आग्रह को समझ गए हैं। वे साफ पानी में तबीयत से तैर रहे हैं और दुर्लभ विषाणुओं की खेप निर्मल आग्रह के साथ निरन्तर सप्लाई कर रहे हैं।

झुरझुरी बढ़ी, ताप चढ़ने लगा, कवि को ज्वर की सत्ता दिखाई देने लगी।

कवि ने बहुत ज्वर देखे, बहुत कविताई की, पर इस ज्वर की सत्ता में सबसे भिन्न प्रतिक्रियावादी गन्ध थी। यह कुछ उन्मत्त-सा ज्वर था जो झुरझुरी के साथ ऊँचा, और ऊँचा उठता था।
कवि ने सुना था, यह मेडिक्लेम वालों को महँगे और बिना बीमाकार्ड वालों को सस्ते साझे बिस्तरों पर एक भाव से तोड़ता था।

कवि टूटने को तैयार नहीं था। अगर टूटना भी पड़े तो प्राइवेट एक्जीक्यूटिव वॉर्ड में टूटे।

कहते हैं यह कमर पर वार करता है। आदमी झुककर दोहरा हो जाता है। कवि बन्द कमरों में कई बार झुका और रेंगा था, गो कि सार्वजनिक रूप से वह सीधी कमर का प्रवक्ता था। बतौर कवि चिकन खाते हुए या बतौर अफसर कारीगर को गुनिया से नाप लेते देखते हुए उसने कई सीधे परन्तु काव्यात्मक आदेश दिए थे, जो अन्ततः कविता हो गए। इस ज्वर में, जिसके चिकनगुनिया होने की आशंका थी, कमर का सम्पूर्ण समर्पण था। आदेश की सीमाएँ थीं। कवि, अफसरत्व को एक तरफ रख दे तो भी अन्ततः वह कुछ तो था, जो सिर्फ ज्वर के प्रतिरोध पर अवलम्बित था।

कवि को वह विदेशी पूँजी, देशी बनियों और जनविरोधी स्वच्छतावादियों की मिली-जुली साजिश जान पड़ी। स्वच्छ भारत अभियान पर कवि गुस्सा करता रहा था। क्या परिणामतः मच्छरों ने गन्दे से हटकर स्वच्छ क्षेत्रों में

कॉलोनियाँ विकसित कर लीं? क्या मच्छर भी कवि के विरुद्ध थे यानी प्रकारान्तर से जनता के विरुद्ध निर्मलता के प्लेटफॉर्म पर पनप रहे थे?

ताप और बढ़ा। कवि की आँखें मुँदने लगीं। ज्वर की सत्ता का दमनचक्र आगे बढ़ा।

ऐसे मच्छर जो कि नए किस्म के जटिल विषाणुओं को स्वच्छता के बीच पोषित करते हैं, जनविरोधी कार्रवाई की पहली सीढ़ी हैं। यही एक सूत्र वाक्य था जिससे कवि, चिकनगुनिया से लड़ना चाहता था।

शरीर टूटने लगा। पहले अँगुलियों के जोड़, फिर पैरों के जोड़, फिर पीठ और कमर।

भीतर का अफसर चिल्लाया, सिर्फ पैरेसीटामॉल तो सबको देते हो, मुझे कुछ और दो।

बाहर खड़ा सेवक बोला, प्लेटलेट्स भी घट रहे हैं। कहीं डेंगू से चिकनगुनिया तो नहीं भिड़ रहा है?

भीतर का अफसर फिर चिल्लाया, जल्दी ठीक करो, मेरा ठीक होना पूरे तंत्र के लिए जरूरी है।

#

अबकी बार सेवक नहीं बोला।

#

कवि के भीतर कहीं दबा हुआ आदमी कराहता हुआ चिल्लाया—
'मेरी तो कमर स्थायी रूप से झुक गई है। जोड़ सबके सब टूटे हुए हैं। मैं तुम्हारे भीतर से निकलकर जाना चाहता हूँ ताकि आत्मा के चिकनगुनिया

से मुक्ति पा सकूँ।'

तब से कवि-अफसर बेहोश है।
कमरे में सिर्फ एसी की आवाज गूँज रही है।

आइसोलेशन वार्ड के बाहर तख्ती लगी है—
'डोंट डिस्टर्ब।'

नीचे किसी ने चिपका दिया है—
'इस दीवार में भी एक खिड़की रहती थी।'

52

मूर्ख हैं जो फावड़े को फावड़ा कहते हैं
होशियार वे हैं जो फावड़े को हवाई जहाज कहते हैं फिर
उस पर जनता को चढ़ाकर अन्तरिक्ष की सैर पर भेज देते हैं।
वे कुशल प्रशासक हैं, राजनेता हैं, बुद्धिजीवी हैं, कवि भी हैं।

—श्रीलाल शुक्ल ने सन् चौरासी में कहा,

तब 'फावड़ा' और 'हवाई जहाज' सचमुच दो अलग-अलग चीजें हुआ करती थीं।

#

चरित्रवान और चरित्रहीन में कुल इतना फर्क है—
एक पकड़ा नहीं जाता और दूसरा पकड़ा जाता है।

—हरिशंकर परसाई ने काफी पहले कहा था,

तब लोग पकड़े भी जाते थे।

#

अगर आप उल्लू हैं तो बोसकी के कुर्ते में भी उल्लू ही लगेंगे।
—शरद जोशी ने पिछली सदी में बताया था,

उन दिनों उल्लू और बोसकी दोनों की अपनी-अपनी प्रतिष्ठा थी।

#

अब कवि को कुछ कहना—
'कुल' का 'टोटल' लगाने जैसा है।
कलाली को बोतल दिखाने जैसा है।

53

कवि साइबर स्पेस का मास्टर
कवि बॉट और आर्टिफिशियल इंटेलिजेंस का मास्टर।
पीछे लग जाए तो चाहे जिसके यूट्यूब चैनल बन्द करा दे, चाहे जिसके विकिपीडिया पेज पर वाम और दक्षिण, फेक और फैक्ट, जन्म और मरण के सर्टिफिकेट लिख दे।
कफ़न के नाप का मुर्दा बना दे।
झाड़ू से छिपकली की पूँछ इस तरह तोड़े कि कभी न उगे।

कवि एक दिन पाश और दुष्यंत की दुहाई देकर अपनी तरफ की दिल्ली ठीक कर रहा था कि उसका फेसबुक पेज हैक हो गया।

वो दिन है और आज का दिन है—
दुनिया भर के हैकर ख़तम हो गए,
सारे के सारे कवि हो गए।
कवि हैक करता है, हैकर कविता करते हैं।

#

हैकिंग सबसे उत्तम कविता है।
यह मैं नहीं कहता, गूगल कहता है।

54

कवि प्रतिष्ठा के टेस्ट पर निकला

मुहल्ले के नल पर पानी भरती लड़कियों पर एक कविता लिखी। जब वह सम्मान-स्थल पर पहुँचा तो न लड़कियाँ आईं, न नल चला।

वह देश की अर्थव्यवस्था पर प्रेस क्लब की कोनेवाली सीट से बहस करके लौटा, उसका पर्स ऐन गली में मार दिया गया। उसकी आवाज पर लोग जेबकतरे को पकड़ने तक नहीं दौड़े।

बस में लटका। सहयात्री बोला, कवि कविता की जगह एक नाव बना दे तो उसमें चढ़ बैठे ताकि जब डूबने की घड़ी आए तो जान बचाने का सामान हो। कवि ने कहा, नाव तो किसी ऐरे-गैरे से बनवा लो जो लकड़ी ठोंकना जानता हो, कवि तो कविता ठोंकता है।

बस से कूदा, सब्जी मंडी को निकल गया। करेले के भाव, बैंगन और कद्दू के भाव पर बहस की। कवि को पता है कि अभी जो एक कविता ठोंक दे तो सब्जीवाला उसके विचार का भाव, करेले के भाव से मिलाते ही बेहोश हो जाए। पर वह थमा रहा।

आधे घंटे बाद पता चला, कई बहनजियाँ सब्जी लेकर चली गई हैं, वह

करेले के ढेर को ही देख रहा है। सब्जीवाला 'आगे बढ़ो-आगे बढ़ो' चिल्ला रहा है।
सब्जी मंडी में गाय घुस आई थी। हड़कम्प मचा।
कवि बचने के लिए एक गुमटी में घुस गया।
गुमटी वाला चिल्लाया, बाहर निकलो, भीतर दो टोकरे भिंडी के रखने हैं, जगह नहीं है।

कमाल है, कविता मरखनी गाय से भी नहीं बच पा रही।
कवि एक मामूली भिंडी से भी अपदस्थ होकर बाहर आया।

#

कवि बिजली का बिल भरने की लाइन में लगा।
लाइन खिसक रही है। उसे कोई अपनी जगह नहीं दे रहा।
उसका मन कहता है, एक कविता 'कौआ और बिजली का तार' बोल दूँ तो सब हिल जाएँ। क्लर्क खुद खिड़की से कूदकर बिल लेने चला आए। पर पड़ोसी उन्हें घूरे जा रहे हैं। कवि सशंकित है। कविता, बिजली के बिल जमा कराने की लाइन भी तोड़ नहीं पा रही।

आखिर लक्ष्य पर पहुँचा। फिर कुछ घटा।
बिजली के बिल जमा करने में अठन्नी के खुल्ले का चक्कर पड़ गया है।
कविता, अठन्नी से भिड़ रही है।
कवि बिजली के क्लर्क से भिड़ रहा है।
पीछे खड़ा दुखी नागरिक, अठन्नी दे देता है। कवि की प्रसन्नता का पारावार नहीं है। यह नागरिक कविता की कीमत जानता होगा। वह धन्यवाद देने के लिए मुड़ता है। नागरिक हाथ जोड़कर कहता है, अब तो निकल यार, मेरा नम्बर लगे। अठन्नी के चक्कर में आधा घंटा बरबाद कर दिया।

#

कवि टूट गया।

उसकी कविता ने अठन्नी नहीं बचाई थी, नागरिक की व्यग्रता ने उससे पीछा छुड़वाया था।

#

कवि परेशान है। क्रोधित है। गमले तोड़ रहा है।
बोतल खाली कर रहा है। सर्वहारा पर बड़बड़ा रहा है।

इंडिया इंटरनेशनल सेंटर में बैठा सोच रहा है, किसी दिन मोहल्ले में दंगा हो जाए तो वह कैसे बचेगा? उस प्रस्ताव की फोटोकॉपी से जो सरकार के नाम जारी करके आपस में बाँट ली थी? या उस समीक्षा की कटिंग से जो पिछले रविवार उसके दोस्त ने आधे पेज में खींच दी थी? उस पर भी अख़बार वाला कहेगा, इतनी जगह में बाल बढ़ाने का विज्ञापन छपता तो लाख रुपए का धन्धा हो जाता।
कविता बाल बढ़ाने से भी पिट गई।

#

जीवन में पहली बार कवि को सन्देह हुआ, उसकी कविता, कविता है भी कि नहीं?
कवि का यह सोचना हुआ कि उसी क्षण बिजली कड़की!

रिक्शे वाले ने कहा—
आज आपसे पैसे नहीं लूँगा बाबूजी!
अभी-अभी पता लगा, आप तो देवता हैं।

55

कवि ने महिलाओं के उत्थान का बीड़ा उठाया

पहले उसने बीड़ा चखा।
फिर उसने महिलाएँ चखीं।
फिर सबसे कहा, चखने पर अपने संस्मरण लिखो।

#

चखना और लिखना—दो खतरनाक क्रियाएँ हैं।
कवि ने इनकी संज्ञा बनाई और फिर क्रिया-विशेषण में बदल दिया।
फिर स्त्री-विमर्श पर चुस्कियाँ लेता-लेता व्याकरण बनाने लगा।

#

एक दिन वह सर्वनाम पर काम करने की कोशिश कर रहा था कि एक सरल हृदय पाठिका ने ताड़ लिया। उसने तत्काल कवि का उपसर्ग निकाला और खींचकर प्रत्यय बना दिया।

#

कवि की व्याकरण फट गई।
फटी व्याकरण लिए वह शहर से भाग छूटा।

#

आजकल वह भाषा में संत है। शिल्प में महन्त है।
अब वह वात्सल्य के धन्धे में है!

56

कवि लोधी गार्डन में सुबह की सैर पर निकला
खान मार्केट में ब्रेकफास्ट किया।
चाणक्यपुरी में लंच किया।
रेसकोर्स रोड से जनपथ तक उबासी ली।
साउथ एक्स में कॉफी पी।
शास्त्री भवन में टहला।
इंडिया गेट की तरफ हाथ हिलाया।

डिनर पंडारा रोड पर ही करता—मगर क्या करे—
रास्ते में एक पुराना दलाल मिल गया।

#

दलाल ने कहा, सुबह से रात हुई। कुल चार सांसदों का हिसाब हुआ। इतनी थकान तो कभी सरकार गिराने में न हुई। अब तुम ही कुछ मदद करो।

कवि ने कहा, मैं तो एक कविता लिखकर सरकार हिला देनेवालों में से हूँ।

मदद चाहिए तो पहले पंडारा रोड चलो।

#

दलाल क्या चाहे, दो सांसद!
वो कवि को उठाए पंडारा रोड चला।

कवि की पसन्द का डिनर ऑर्डर हुआ।
दलाल ने कहा, जब तक खाना आए, सरकार गिरा लें।
कवि अलसाया, धीरज धरो। जब तक खाना खत्म हो, सरकार खींच लो।

खाना खाकर जैसे ही कवि ने डकार ली—
भुखमरी के मुद्दे पर सरकार गिर गई।

57

कवि ने एक स्कूल खोला
कवि ने एक अस्पताल खोला।
कवि ने एक कोयला खदान खरीदी।
कवि ने एक आश्रम खोला।

#

स्कूल से आया रुपया अस्पताल में पाया।
अस्पताल से आया रुपया कोयला खदान में पाया।
कोयला खदान में आया रुपया आश्रम में पाया।

आश्रम से पाया रुपया कवि गिनने बैठा।

#

गिनता गया, गिनता गया, गिनता गया।
इतना गिना, कि गिनती भूल गया।

#

आखिरकार थककर, वह सरकार का आर्थिक सलाहकार हो गया।

58

कवि प्राइम टाइम एंकर हो गया
रात को जब वह टीवी पर आता तो समय ठहर जाता।
ऐसा गम्भीर! कैसा दूरदर्शी!! बला का अक़लमन्द!!!
भटके हुए नौजवानों को कट्टरपंथियों से बचा ले।
लटके हुए बूढ़ों को साम्राज्यवादियों से मुक्त करा दे।
'हूँ-हाँ-हूँ' से मुँह लटका दे तो चेले अश-अश कर उठें।

चेहरा दुनिया की चिन्ता में दुबला, चश्मा दिन-ब-दिन स्थूल!

#

वह भरी धूप के वक्त बाढ़ लेकर बैठ जाता और इतने प्रेम से समझाता कि गरीब धूप को बाढ़ समझकर डूब जाते।

वह मोर की खबर में चोर ले आता और महाचोर को मोर की विशेषताओं का विशेषज्ञ स्थापित कर देता।

एक बार वह वॉशिंग मशीन लेकर बैठा और समझाने लगा कि लॉन्ड्री में सरकार की धुलाई बड़ी आसान होती है, मगर क्या करे इस देश का?

उसके अलावा किसी और को वॉशिंग मशीन ही चलानी नहीं आती। वह अकेला कितना धोए?

#

इस प्रयोग की गूँज हर जंगल, हर पहाड़, हर समुद्र, हर मरुस्थल तक पहुँची।

लोग उसकी दुहाई देने लगे।

वह इतना सुपर नैतिक हुआ कि उसकी शराफत पर जरा सवाल करते ही नैतिकता के मार्केट में भूकम्प आने लगा।

दो बार तो आसमान गिरते-गिरते बचा।

#

एक दिन वह एक टाँग पर खड़ा नैतिकता की क़ुतुब मीनार से लाइव कर ही रहा था कि—आसमान सचमुच गिर पड़ा।

#

समस्त विश्व स्तब्ध है।
अब भी मानने को तैयार नहीं है।

जब वह एक टाँग पर खड़ा था...
तो फिर आसमान—

गिरा तो कैसे गिरा?

#

टिटिहरी के इतिहास में भी इसका उत्तर नहीं मिलता।

59

एक दिन कवि ने देखा कि रामराज्य आ गया है

#

जेब कतरों पे छापे पड़े।
दलालों पे छापे पड़े।
चोरों के गिरोह अन्दर हो गए।

...और भी ऐसा हुआ कि परम्परागत व्यवसायों को भारी धक्का लगा।

#

कवि को लगा, रामराज्य तो एक खतरनाक चीज है।
वह लोगों को बेराजगार करती है।
जिन्दगी का चक्का थम जाता है।
यह मनुष्य विरोधी है।

#

जेब कतरे, जेब न काटेंगे तो भूखे मर जाएँगे।
दलाल, दलाली न करें तो उनके चूल्हे बुझ जाएँगे, लोगों के काम ठप्प पड़ जाएँगे।
चोरी करनेवाले अन्दर हो जाएँगे तो ताले कैसे बिकेंगे? सीसीटीवी कैमरा उद्योग पर कितना बुरा असर पड़ेगा, कितने मजदूर बेकार हो जाएँगे।

हर परम्परागत व्यवसाय गिरेगा। कौशल नष्ट होगा।
जीडीपी गिरेगी, जीएसटी कलेक्शन गिर जाएगा, पुलिस वाले बैठे रह जाएँगे।

हाहाकार! अरे राम-राम!!
ये सब मिलकर देश का 'मोरल' डाउन कर देंगे।
देश का 'मोरल' डाउन हो गया तो देश की रक्षा का क्या होगा?

देश पहले, बाकी सब बाद में।
कवि ने प्रतिरोध का प्रस्ताव जारी किया।

#

वह देश की खातिर ग़रीब जेबकतरों, कर्तव्यपरायण दलालों और निरीह चोरों की रैली लेकर जन्तर-मन्तर जा रहा है।

आखिर कवि ऐसे 'रामराज्य' का क्या अचार डाले—
...जो लोगों का रोजगार ही खा जाए?

60

कवि नेताओं का नेता हुआ
वह पार्टी के नारे लिखने बैठा।

बाहर कई कवि बैठे थे।

किसी को खुद के लिए कुछ नहीं चाहिए था।
सब दूसरे के लिए माँग रहे थे।

एक को बेटे का ट्रांसफ़र कराना था।
एक को बहू की पोस्टिंग करवानी थी।
एक को क्रान्ति पर काम के लिए फेलोशिप चाहिए थी।
एक को यूनिवर्सिटी की इज्जत बचाने के लिए वाइस चांसलर बनना था।

एक बड़ा झुका-सा तना हुआ था। वह अखबार में तगड़ा विश्लेषण ठोककर ओरिजिनल कॉपी सहित सीधा यहाँ चला आया था। अखबार मालिक उसे एडीटर बना दे तो देश में अन्याय की किच-किच सदा के लिए बन्द हो।

सबको उपकार करना था।
उपकार के लिए इन्तजार—कोई बात नहीं।

#

कवि के इन्तजार में बैठे-बैठे, सब पीने लगे।

एक खत्म हुई, दूसरी खत्म हुई, तीसरी खत्म हुई।

कवि भीतर से नहीं आया।

चौथी पर उसका दत्तक पुत्र बाहर आया।

वह एक इंटरनेशनल ठेका निपटाकर चुका ही था।
चिल्लाकर बोला, ये क्या मुफ्तखोरी चल रही है?

सब एक साथ बोले, ऐसा नहीं कहते बेटे, हम तुम्हारे चाचा हैं!

#

तब कवि ने पहला नारा पूरा किया।

नारा चल गया।
पार्टी डूब गई।

#

कवि को दत्तक बेटे ने नारे लिखने के दौरान मिले इंटरनेशनल ठेके के फिफ्टी परसेंट कमीशन से बचाया।

इन्तजार करते कवि, इन्तजार से भी गए।

फेलोशिप, वाइस चांसलरी, एडीटरी, ट्रांसफ़र वगैरा-वगैरा दूसरे लूट ले गए।

#

सारे शोकमग्न चाचा कहते हैं—
राजनीति हमारे कवि को खा गई।

भतीजा कहता है,
कवि को राजनीति ने बचा लिया।

61

कवि ने लॉक डाउन होते ही तय किया कि वह भी आम आदमी है

अनन्तकाल का राशन, लिटर-लिटर सैनिटाइजर, डब्बे-डब्बे दस्ताने और बोरे भर मास्क जमा करने के बाद, वह फिर से कवि में बदल गया।

भागते-दौड़ते मजदूरों की तस्वीरें देखी और यह सूक्ति-पत्र बनाया—

1. कुछ लोगों का दिल पेट के पास होता है।
2. चार सेवफल और पाँच कम्बल गरीबों के हाथ पे टिका के फोटो छपाने में जो सुख है उसकी कल्पना ईश्वर ने धर्मराज युधिष्ठिर को अखंड अन्नपात्र देते हुए भी नहीं की होगी।
3. सच्ची श्रद्धा दुर्गति का आदर्श परिणाम होती है।
4. सड़क का आदमी होना, सड़क पर उतरना, सड़क पर आना और सड़क छाप होना—सबके लिए एक अदद सड़क तो चाहिए।
5. बड़े से बड़े अकाल, युद्ध, महामारी आदि-इत्यादि के बीच भी जो दत्तचित्त होकर बन्द कमरे में एयरकंडीशनर की ठंडक खींचते हुए अपने एजेंडे का प्राफिट पीट लें, वही योद्धा विचार को बचाएँगे।

6. जब सत्ता का सट्टा इंटेलेक्चुअल कैसिनो में काटा जाता है तो हारे कोई भी, नाल तो विचारधारा का उस्ताद ही काटता है।

#

राष्ट्रीय प्रसारण के लिए सूक्ति-पत्र के चार फॉर्मेट बने—

एक फेसबुक, एक इंस्टाग्राम, एक ट्विटर और एक व्हाट्सएप पर गया।

इतनी वाह-वाह हुई कि उसका कालीन बनाओ तो मुम्बई से मुजफ्फरपुर तक बिछ जाए।

#

कालीन है कि बस बिछा है।
मजदूर भूखे हैं, दुबारा काम पर लौटना चाहते हैं,
पर, थमे हैं।

लौटें तो लौटें कैसे?

कालीन पर पैर रखें तो वह गन्दा नहीं हो जाएगा?

इतना पवित्र—

कवि का कालीन जो ठहरा।

62

महामारी फैली, कवि ने सीखना और देखना शुरू किया

कोरोना ने उसे फेसबुक लाइव सिखाया।
(हालाँकि वह पहले से लाइव रहता था।)

कोरोना ने उसे सोशल डिस्टेंसिंग सिखाई।
(हालाँकि वह पहले से सामाजिक दूरी 'मेंटेन' करता था।)

कोरोना ने उसे आपदा में नए अवसर दिखाए।
(हालाँकि वह हर आपदा में कविता पैदा कर ही लेता था।)

उत्साहित कवि ने मास्क का धन्धा खोल लिया।

#

कवि क्वारंटाइन में है।
कविताएँ मास्क लगाए बिना बाहर घूम रही हैं।

कविताओं को कोरोना नहीं होता।

कवि को भी नहीं होता—
अगर ये कविताएँ उसी की होतीं।

63

कवि को वेबिनार का चस्का लगा

ग़जब का हथियार।

लोग घर में बैठे-बैठे बोलें और समाज में क्रान्ति हो जाए।

चस्के का चस्का और क्रान्ति की क्रान्ति।

#

उसने चार विषय चुने—

1. जब कुछ करने को न हो तो ज्ञान बघारने का फ्लड गेट कैसे खुल जाता है?
2. एक होती है छुरी, एक होती है सोने की छुरी। सोना दूसरे को न मिल जाए इस महान भावना से उसे अपने पेट में कैसे मारा जाए?
3. कैसे कबूतर चीखे तो चील हो सकता है और चील गिटार पर बैठ जाए तो मासूमियत का मौसम नाच उठता है?
4. इतिहास में जाने के लिए गलतियाँ भी ऐतिहासिक होनी चाहिए।

इतने लोगों ने रजिस्ट्रेशन कराया कि सर्वर फेल हो गया।

#

कवि को मालूम है, कारस्तानी उन्ही हैकरों की है जो अमेरिकी चुनाव में रूस से बैठे-बैठे सत्य के विरुद्ध खेल रहे हैं।

#

उसकी आत्मा प्रसन्न हुई—
तो, आखिर इंटरनेट पर भी वह अमेरिका की टक्कर का निकला।

उसने सर्वर का तकिया बनाया—
और, चीन की तरफ पैर करके सो गया।

64

कवि ने दो शब्द बनाए—

पहला—बटमार

दूसरा—लूटमार

'बटमार' उसने झुग्गी-झोंपड़ियों की तरफ रवाना किया।

'लूटमार' अपने पास रखा।

#

कवि ने फिर दो शब्द बनाए—

पहला—आत्महत्या

दूसरा—ब्रह्महत्या

'आत्महत्या' उसने किसानों की तरफ रवाना किया।

'ब्रह्महत्या' अपने पास रख लिया।

#

कवि ने और दो शब्द बनाए—

पहला—कहानी
दूसरा—कविता

'कहानी' उसने राजनेताओं की तरफ रवाना किया।
'कविता' उसने अपने पास रख लिया।

#

इतना श्रम करके कवि थक गया।
अब 'बटमार', 'आत्महत्या' और 'कहानी' से उसे रॉयल्टी मिलती है।
'लूटमार', 'ब्रह्महत्या' और 'कविता' उसकी स्थायी अचल सम्पत्ति है।

पचास प्रतिशत समाज को दिया, पचास अपने पास रखा। इतना सुन्दर जीवन।

#

अभी तो शब्द बनाए हैं। व्याकरण जिस दिन बना देगा। उस दिन सृष्टि देखना!

फटी डायरी के साबुत पन्ने-1

[कवि ने एक दिन पर्यावरण के धन्धे में मामूली फ्रॉड किया। फ्रॉड के बाद डायरी में यह स्मृति दर्ज की।]

कहते हैं उदासी का एक मौसम होता है। जेनुइन किस्म की उदासी हर किसी को नहीं मिलती। भले लोग इसके लिए यहाँ-वहाँ, न जाने कहाँ-कहाँ भटकते हैं। यूँ देखें तो उदास होने के लिए कुछ खास नहीं चाहिए—बस एक कोना, लटकाने लायक एकाध चेहरा और नामालूम कारण। मगर किसी को कोना नहीं मिलता, किसी का चेहरा लटकाने लायक नहीं होता, अधिकांश को बहुत सारे कारण पता होते हैं। ऐसी स्थिति में एक साफ-सुथरी, गहरी और दिल मारनेवाली उदासी शरीफ लोगों की अधूरी चाह बनकर रह जाती है।

हम दोनों अक्सर जेनुइन उदासी की तलाश में घूमते रहे हैं। गुरुदत्त की फिल्में किराए के वी.सी.आर. पर देखकर एकाध टेम्परेरी किस्म की उदासी खींची भी है। पर जिसे कहते हैं 'लाइट एंड शेड' का असली कमाल, वो किसी भी शाम इस तरह से कमरे में उतरकर नहीं आया। निर्मल वर्मा की मदद भी कुछ खास काम न आ सकी। गुलजार ने कहा है—उदास हों तो अगरबत्ती की तरह जलें यानी सुलगें, राख हों, मगर औरों को खुशबू देना चाहिए।

हम परफ्यूमरी के लघु उद्योग की इस मॉडलिंग में भी सफल न हो सके। आखिर दोनों उठे और खिड़की के पास आ बैठे।

#

'बारिश के ठीक बाद की सड़क। थोड़े-बहुत, गुलमोहरों के मिट्टी पर पड़े टुकड़े—फूल या पत्ते। सुबह जब लोग झाड़ू लगाएँगे तो एक पीला-लाल ढेर कोने में पड़ा होगा', उसने कहा।

मैंने सोचा अब वह कहेगी, 'उस झाड़ी में एक बार तुम रूमाल गिरा गए थे। मैंने वह रूमाल उठाया और हरसिंगार बाँधकर तुम्हें लौटा दिया था। अब सच बताऊँ? वह झाड़ीवाला रूमाल माली का लड़का लाकर दे गया था। मैं खिड़की में तब उदास बैठी थी।'

लेकिन वह बोली, 'रूमाल हरे रंग का था या सफेद रंग का?'
मुझे याद है कि वह सफेद था, पर कुछ गम पाने के इरादे से मैंने कहा, हरा।
वह 'झूठे' बोली और खूब हँसी।
फिर मामला हाथ से फिसल पड़ा।
उदासी लुट गई। मैं लुटा-पिटा खड़ा हो गया।

#

हम लॉन में चले आए। काफी हरी घास थी।
उसने कहा, 'घास हरी न होती तो?'
'पीली या नीली होती!'
'हरेपन में जीवन प्रतिध्वनित होता है। पीला, जीवन की रुग्णता का प्रतीक है। घास में जीवन रहने दो। इसे हरा ही होना चाहिए।'

लॉन की हरी घास के बारे में मशहूर है कि सावन के अन्धे की नेत्रज्योति इसी ने क्षीण की है। गधों की तृप्ति सम्बन्धी किस्से घास-केन्द्रित ही होते हैं। इस तरह हम दोनों वर्णान्धता पर केन्द्रित परिचर्चा में उदासी पैदा करने

की कोशिश करने लगे। आदमी अगर परिचर्चा करने लगे तो उसकी आधी ऊर्जा 'कुछ' ढूँढ़ने में लग जाती है। चूँकि हम शुरू से 'कुछ' यानी उदासी ढूँढ़ रहे थे इसलिए ऊर्जा को ज्यादा दिक्कत नहीं हुई।

हमने घास का एक-एक टुकड़ा हाथ में लिया। शास्त्रीयता के अनुसार परिचर्चा को घूम-फिर कर ओस की बूँद पर गिरना था। इसके बाद प्रकाश अपवर्तन से इंद्रधनुष और फिर उसका बूँद गिरते ही टूटना। करीबी दिल से निकलकर हाथ पर आ जाती। हाथ की करीबी जेनुइन उदासी की ओर एक सार्थक चरण है। हम लगभग पूरी तरह या यों कहें कि बुरी तरह इसके लिए मरे जा रहे थे, लेकिन यह रूपक एक हस्तक्षेप की वजह से बँधने से रह गया।

यह हस्तक्षेप लॉन के किनारे, सुन्दर-सी क्यारी के खामोश से कोने में हुआ।

#

वहाँ कुछ रेंग रहा था।
उसने कहा—'साँप है।'
मैंने कहा—'भ्रम है।'
उसने कहा—'हरा है।'
मैंने कहा—'घास है।'
उसने कहा—'देखो वह मुड़ा और पत्थर की चपटी सतह पर जा बैठा।'
मैंने कहा—'एकल कविता पाठ के पहले का कोई सीन तुम्हारे जेहन में अटका रह गया होगा।'

वह मोहित होने लगी, मुझे भ्रम घेरने लगा।
साँप जो उसकी दृष्टि में उग आया था, अपने हरेपन की वजह से मुझे भी सम्मोहित करने लगा। जैसे कोई सभागार, उसमें मंचीय चबूतरा, उस पर कवि। कवि के कन्धों पर हरी शाल, गालों में दबकर गुल-गुल करके कुल्ला हो गई हँसी।

शॉल झूम रही है। कविता निकल रही है। हरा साँप झूम रहा है।
चमकीला हरा, लपलपाता, गिजगिजा, कुनमुन-कुनमुन साँप।
'अज्ञेय का साँप ललछौंहा था', मैंने यह स्मृति सूक्ति की तरह लेकर त्याग दी।

इस साँप का व्यक्तित्व उदारवाद के ज्यादा करीब पड़ता है।
इसकी जीभ जब बाहर आती तो जैसे कहती थी—
तुम नहीं बोलोगे
बोलेंगे दो
हाँ, दो
जीभ के दो-दो
मखमली तीखे सिरे
प्रेम में मौन।

लॉन में हरापन उसके लिए आश्वस्ति थी। वह निश्चिन्तता से रेंगती देह को रह-रहकर घास के बीच सरसरा लेता। पत्थर पर बैठे-बैठे हरेपन से सरसराने का रिश्ता कायम रखते हुए उसे जब कोई भावभीनी शब्दावली व्यक्त करनी होती वह दुगुने वेग से झूम जाता था। फन? कुछ-कुछ था। पर लगता था कि वह मुँह जमीन के करीब ले जाना ज्यादा यथार्थवादी मानता रहा होगा। मुझे पता है, रेंगते वक्त भी, वह साँप का मुँह ही होता है जो जरा उठ जाता है।

मैंने कहा—तुम क्या सोचती हो? हरी घास के रंग में उसका रँग जाना...।
उसने कहा—तुम क्या सोचते हो? उसके हरे रंग की देह का ही लॉन हो जाना...।

मैंने हिसाब लगाया—दो मीटर के हिसाब से इस लॉन में किनते साँप बनेंगे?

इस बीच साँप ने एक मेढक को दबोच लिया। मुझे हिसाब रोकना पड़ा।
उसने कहा, पर्यावरण विश्व की पहली चिन्ता है। हमें हरेपन को बचाना है।

मैंने पूछा, कितने साँपों की जरूरत होगी?
उसने बताया, हरे कच्च हों। झूमते हों। दो मीटर की साँप की हैसियत हो...तो कोई लॉन भर काफी होंगे।
इस पर साँप ने एक और को दबोच लिया।

निगले हुए मेढक और सुस्त साँप का रिश्ता कभी-कभी फँसी हुई पूँजी जैसा हो जाता है।

हरे साँप को इसमें दिलचस्पी नहीं थी। वह दबोचता और छोड़ता था, फिर दबोचता ताकि फिर छोड़ सके। हरेपन के धन्धे में जैसे शेयरों का मूड समझने का खेल कर रहा हो।
वह मस्ता रहा था ताकि लॉन और भी 'हरियाला बन्ना' हो सके।

मेरे साथ बैठी हुई वह सोच रही थी, जीव-विज्ञान की 'फूड-चेन' कब पूरी होगी?
चूहे को साँप, साँप को गरुड़ या हिरन को बाघ, बाघ को आदमी कब मिलेगा?

#

हम दोनों के बीच अब एक साँप था। मेरे हाथों में हिसाब था। उसकी आँखों में एक हरी-भरी चमक थी। लॉन, विश्व प्रकृति निधि हो रहा था। अन्तरराष्ट्रीय पर्यावरण प्रेम अभियान जिनेवा वगैरह से होता हुआ लॉन में सम्भावनाएँ तलाश रहा था।

मैंने मन-ही-मन लॉन का एक कोना काटा और घास की पृष्ठभूमि में उस पर सम्भव सर्पपीठों का स्थान निश्चित किया।

हरे सर्प को पर्यावरण की बहुत चिन्ता थी। झाड़ियों के पार भिनभिनाते ढेर को उसने देखा। पता नहीं, साँप भारतीय संस्कृति में पूजे जाते हैं, लेकिन

भारतीय सांस्कृतिक लक्षण प्रकट करते हुए पान खाते हैं या नहीं खाते? मुझे ऐसा लगा कि वह पान खा सकता था।

एक सजीले कमरे की खिड़की से बाहर, प्रेम के शासकीय छायावाद से आप्लावित कोई आईएएस कवित्व का प्रेम-अधिकारी, गन्दगी पर हिकारत फेंके तो कैसे फेंके?

वो ऐसे फेंके कि जैसे पान-पिच्च!
लेकिन पान का पत्ता मौलिक रूप से हरा होता है।
किसी के हरेपन को नष्ट करने के लिए उजले-सफेद चूने की उँगली, कुछ कत्थे के हाथ, कुछ-एक पीले-लाल-काले मसाले जरूर होते हैं। हरा नष्ट होता है, लजीज स्वाद दे जाता है।

हमारा साँप पर्यावरण प्रेमी था, हरा था और हरा खाकर लाल थूकता नहीं था।

#

शुरू में साँप हमारे बीच था, तब उसका मुँह मेरी तरफ था और पूँछ उसकी तरफ। अब साँप ने दिशा बदल ली। उसने होने का अर्थ था, हमारी आँखों, दिलों और विचारों के बीच उसका निरन्तर रेंगना। साँप निरन्तर दिशाएँ बदलता हुआ रेंगने लगा। जन्तुशास्त्र में साँप के रेंगने, बीन पर झूमने, दूध पीने, फन काढ़ने, शतायु होने के बाद मनचाहा रूप धारण करने आदि पर काफी विचार हुआ है। इस विचार का इतना ही फर्क पड़ा कि साँप को दूध पिलाने का मुहावरा राजनीति में चला गया और उसकी तस्करी अन्तरराष्ट्रीय हो गई। इसी नैतिक शक्ति के चलते मैंने हरे साँप की गिजगिजाती लम्बाई पर प्रकाशमान पर्यावरण को थिगाया।

वह बोली, 'हरे साँप कितने प्रेमिल होते हैं। जी चाहता है यहाँ से वहाँ तक हरे साँप बिछा दूँ।'

मैंने महसूस किया कि वह मुझमें साँप देखने लगी है। प्रेमिल और हरा, एक साथ कई कुंडली डाले बैठा हुआ। रजिस्टर्ड संस्था, अन्तरराष्ट्रीय फंड, ताड़ी और बीड़ी के मुद्दे पर भी गर्दन उतारकर थाने में जमा करने पहुँचनेवाले अधनंगे जन-गण-मन और नदी के ओर-छोर जंगल। पर्यावरण की भट्ठी पर अन्तरराष्ट्रीय 'कच्ची' दारू उतारने लायक महुए भरे बोरे हों जैसे। उन बोरों पर बैठे हरे-हरे कुंडली डाले साँप!

मैंने कहा, 'निश्चित ही हरे धन्धे में काफी हरा ही हरा है। पर तुम लॉन में बैठी हो। यहाँ अधिक से अधिक हरे साँप का एकल कविता पाठ हो सकता है। ज्यादा हुआ तो एक लाइट एंड साउंड शो करना होगा। एनजीओ चलाना हो या कविता करना हो, कई बिल चाहिए जिनमें साँप सुगमतापूर्वक आ-जा सकें।

इस दौरान साँप का व्यक्तित्व और निखर गया। चिड़ियाएँ चाँव-चाँव करने लगीं।

साँप को देखकर हमेशा चिड़ियाएँ शोर मचाती हैं। शोर से साँप समारोहित अनुभव करता है। भयाक्रान्त स्वर साँप को स्वागत-गीत प्रतीत होते हैं। जिन्होंने चिड़ियाओं के नदी बचाओ आन्दोलन देखे हैं वे जानते हैं कि जल समाधि के अल्टीमेटम भी उन्हें चिड़ीमारों को ही देने पड़ते हैं।

जंगल, चिड़ियों के गीत से भले ही जंगल लगते हों, साँप के बिना वे कुछ नहीं होते।

मुझे हैरत सिर्फ इस बात से हुई कि साँप हरा था, लॉन हरा था, सब कुछ हरा था, फिर भी चिड़ियाएँ साँप को हरियाली में शामिल क्यों नहीं मान रही थीं?

और यह भी कि, एक हरा साँप लॉन से एकमेक कर दिए गए अपने हरेपन के बावजूद, अलग से साँप की तरह कैसे पहचान लिया गया?

जवाब आया, चिड़ियाएँ राजनीति में फँस भले ही जाती हों, फर्क करना हो तो एस्ट्रो टर्फ और हरी घास पर भी गलती नहीं करतीं।

रेंगता साँप रुक गया।
तना और तना।
फुफकारा और चिड़िया मार दी।

मरी हुई चिड़िया लॉन में पड़ी थी।

#

उसने कहा, 'हरा है?'
मैंने कहा, 'साँप नहीं है।'

सुन्दर-सी क्यारी के खामोश से कोने से हुआ हस्तक्षेप, पत्थर की चपटी सतह पर चिड़िया की तरह पड़ा था। हरा साँप उसकी निगाहों में मर गया था।

वह करीब आई और पर्यावरण पर, एक गिजगिजाते साँप की कविता-सी बाँहों में झूल गई।

मैंने हाथ झटक दिए। उसे होश आया।
चिड़िया को दोनों ने देखा। आँखें मिलीं।
एकदम साफ-सुथरी, स्पष्ट गहरी और दिल मारनेवाली 'जेनुइन उदासी'।
शरीफों की चाह पूरी हुई।
हम एक-दूसरे की खूबसूरत जल-समाधि सी उदासी में डूब गए।

फटी डायरी के साबुत पन्ने-2

[कवि ने एक दिन आत्म-साक्षात्कार किया। पवित्रीकरण के बाद अपने स्नानागार में यह स्मृति दर्ज की।]

मैं जाने क्यों खुश हो रहा हूँ। उठा। कुर्सी को छोटे टॉवल से झटका। टेबल पर से कुछ ऐसा साफ किया कि सन्तोष हुआ। तकिये ठीक किए। चादर की सलवट हटाई। चाय की फरमाइश की। पेन निकाला, कागज जमाए। हें-हें करने का मूड हुआ, आईना देखा, बाल ठीक किए। कुरकुराया, अखबार के पन्ने करीने से जमाए। हेडलाइनें फिर से देखीं।

कुल जमा दो कमरों के मकान में एक 'विश्वकवि' और क्या कर सकता है? सोने की जगह से सिर पर किताबें और सोने की जगह के पैर पर किचन। दाईं तरफ किताबों और किचन को उनका स्वरूप देने में काम आनेवाले उपकरणों को आरक्षित स्थान। किसी लेखक के बारे में कोई बता रहा था कि वे सज्जन हैं, सरल हैं, प्रियदर्शन हैं। गोया, कहानीकार और शेष तीन विशेषणों का सम्बन्ध स्थापित होना, कोई विशेष अजूबे की बात हो। अगर यह अजूबा होता है तो मैं किसी अखबार के अजूबे के नाम पर ऐसी ही गपड़-सपड़ छापनेवाले कॉलम में कल्पित नाम से 'प्रस्तुति' लगवाकर दो सौ बीस रुपये कमा सकता था। यह क्षुद्र विचार मेरे मन में आ जाता है। पर, मैं तो सिर्फ कविताएँ लिखता हूँ।

कविताएँ यानी जीवन का सन्देश-गीत। इस अहसास के बाद मेरी चाय-चाहत और गहरा जाती है। हर बार यह खयाल आता है और हर बार गहराने की उक्त प्रक्रिया भी होती है। क्योंकि किचन वही है और मैं भी वही। मेरा स्टडी और बेडरूम भी वही है। जिन लेखक के बारे में मुझे बताया गया था, वे बड़े हैं। मगर उन सबसे वहाँ मेरा कुछ मतलब नहीं है। सिर्फ एक बात है, जो मेरे लिए याद रखने की है। उनके पास एक बड़ी लाइब्रेरी है, वो कोने में जमीन पर सोते हैं और आनेवाले को कुर्सी मिल सकती है, बस यही मुझे खींचता है। यानी ऐसा होना चाहिए कि आसपास किताबें हों, जमीन हो और सामान्य-सा बिस्तर हो। कागज-क़लम, ढेर सारी डाक, संडे के पन्ने, खूबसूरत पत्रिकाएँ और जमीन पर पड़े हुए अपन।

पत्रिका का जिक्र आया तो एक फिल्म पत्रिका में विदेश से लौटी देश में अभिनय कर रही एक अभिनेत्री का दिया वक्तव्य याद आ रहा है। माफ करें, विषयान्तर हो रहा होगा। पर कृपया मुझे इस तरह न लें। शुरू में ही मैंने कहा था कि मैं न जाने क्यों खुश हो रहा हूँ। खुश होने पर जो मैं कर सकता हूँ, वह कर रहा हूँ।

उस अभिनेत्री ने कहा था (या उस पत्रकार ने, अभिनेत्री की तरफ से कहलवाया था) कि मेरा सबसे प्यारा क्षण वह होता है, जब बाहर ठंडी हवाएँ चल रही हों, बारिश हो, खिड़की के परदे हिल रहे हों और वह कुहनियों के बल बिस्तर पर कोई श्रेष्ठ पसन्दीदा उपन्यास पढ़े। कई लोग यह कहते हैं कि फिल्मी अभिनेत्रियों में इतनी अक्ल नहीं होती कि इतनी काव्यात्मक स्थिति का आकल्पन भी कर लें और बयान भी दे दें। मगर मैं कभी उन अफवाहों पर भरोसा नहीं कर सका। हालाँकि मैंने एक दफे यह घटिया कल्पना की थी कि यदि ऐसे काव्यात्मक बयान देने की कला मैं किसी अभिनेत्री के इंटरव्यू बनाने में काम में लूँ तो कितनी अभिनेत्रियाँ, मुझे प्रिय पत्रकार मानकर अपनी ओर से रेडीमेड इंटरव्यू छपने-छपवाने का ठेका दे सकती हैं और कितने सम्पादक मेरे इस 'प्रोडक्शन' को बाख़ुशी पाठकों तक पहुँचाते हुए मुझे पारिश्रमिक से नवाजेंगे?

देखिए, आपने मार्क किया होगा कि मेरी हर काव्यात्मक स्थिति का अन्त पैसा या पारिश्रमिक जैसी घटिया बात पर जाकर हो जाता है। मुझे भी समझ नहीं आता कि यह गड़बड़ कैसे हो जाया करती है कि मैं लेखक के कमरे और लाइब्रेरी से शुरू करके 'अजूबे' की प्रस्तुति के दो सौ बीस रुपये में या बारिश, हवा, उपन्यास की काव्यात्मकता से पारिश्रमिक में कैसे छलाँग जाया करता हूँ? मुझे मालूम है कि, मुझे ऐसा नहीं करना चाहिए। मैं कविताएँ लिखता हूँ और खुश हूँ, तो क्या इसका मतलब ये है?

#

बहरहाल, चाय अभी तक नहीं आई है।

उसे आना कितनी दूर से है? मैं बिस्तर पर बैठा हूँ और पैरों की तरफ किचन है। कुल मिलाकर पैसों की तरफ से चलाकर मेरे सिरहाने तक कुछ फुट का सफ़र है। पत्नी चाय बनाकर दे रही है। आती ही होगी। वह देर नहीं करती, मेरे कल्पना में खो जाने की स्पीड तेज है। इस वजह से मुझे सामनेवाले के हर काम में देरी लगती है।

पत्नी समझती है (दरअसल वही समझती है)। मैं कविता लिखूँगा, उसे सुनाऊँगा, वह तारीफ करेगी। बड़ा सन्तोष है मुझे। कई पत्नियों के बारे में मैंने पढ़ा है कि वे पति की कविताएँ जलाकर चाय बनाती थीं। इस वाक्य के नमूने को मारकर आकाशवाणी में कई 'दस मिनटिए' हास्य नाटक या झलकियाँ अथवा कवि सम्मेलनी फुलझड़ी 'पीटे' जा सकते हैं। 'पीटे' जाते रहे हैं और यह वाकया आज तक पिटा हुआ प्लाट साबित नहीं हुआ। यदि मैं कुछ इधर-उधर का मिला दूँ तो दस मिनट की एक झलकी बनती है, आकाशवाणी के रेट रिवाइज हो गए हैं। कुछ मिल जाएगा। कविताएँ जलाकर चाय बनाने का आइडिया फिर कुछ पैसे देकर जाएगा।

माफ कीजिए, फिर वही पैसे पीटने की बात। असल में मुझे एक कविता लिखनी चाहिए, आत्मसन्तोष के लिए। वह जो जीने की स्फूर्ति दे या दु:ख को सहने की ताकत, वह कविता लिखो, बाकी सब भूल जाओ। मेरी कविता

में दम है, रहता है, मन से लिखता हूँ। दुनियाभर में भ्रष्टाचार है, अनाचार है, संत्रास है, धोखाधड़ी है, मगर मेरी कविता ईमानदार है।

#

कविता को लेकर मैं बड़ा सेंटीमेंटल हूँ। मैं जहाँ काम करता हूँ, वहाँ भी काम तो जो है सो है, कविता जरूर करता हूँ। आनेवाले ढेरों लोग मेरी तारीफ करते हैं। लगता है मेरी इज्जत भी करते हैं। कहाँ काम करता हूँ, यह बताने की जरूरत ही क्या है? इतना काफी है कि वहाँ जो सिर्फ बोलने के लिए नियुक्त हैं, वे काफी मोटी तनख्वाह पाते हैं। उनकी संख्या कम है। जिन्हें वहाँ सुनने के लिए आना चाहिए उनकी संख्या हजारों में हैं, उन्हें तनख्वाह नहीं मिलती मगर उनकी हैसियत बहुत बड़ी है। मैंने जो इस पैरा के शुरू में भरोसा बताया कि मेरी बड़ी इज्जत है, वो मैं इन्हीं के भरोसे पर लिख गया था। जिन कम संख्या वालों का जिक्र मैंने किया, वे मेरी परवाह नहीं करते तो न करें। मैं इन दोनों में से किसी वर्ग का नहीं हूँ। संस्था के लिहाज से न मेरी मोटी तनख्वाह है, न बड़ी हैसियत है। संस्था का नाम-पता बताए बगैर मैं अपने पदनाम को उजागर करूँ तो वह होगा कारकुन से कुछ मिलता-जुलता।

खैर, उससे आपको इतना मतलब नहीं होना चाहिए क्योंकि यह नायक अपनी 'पोस्ट' को लेकर कोई 'केन्द्र बिन्दु बनने नहीं देना चाहता। क्यों न आप कवि का साथ दें और कारकुन से मिलती-जुलती कल्पना से ही काम चला लें।'

मैं संस्था में जाता हूँ। मगर मुझे लगता है, यह संस्था एक निमित्त मात्र हैं। मैं सृजन के लिए इस विश्व में आया हूँ। दस्तखतों के 'चीचड़ों' वाले रजिस्टर सँभालने के लिए नहीं। अखबार यहाँ सब आते हैं। सभी पढ़ सकते हैं। मैं पढ़ डालता हूँ और मेरा पक्का भरोसा है कि जितना 'न्यूज सेंस' मुझमें है, किसी पढ़नेवाले में आसपास नहीं दिखता। मुझे इतना अन्दाजा हो गया है कि कौन-सी खबर, कौन-सा अखबार, कितनी बड़ी देगा। रूमानिया और रूस की खबरें, राजपुरा और रीवा की खबरें, कब

महत्त्वपूर्ण होकर कितने कॉलमों में आएँगी, मुझे बताने में कोई मुश्किल न होगी। कई दफे मैंने पहले ही बता दिया था कि यह अखबार इस मुद्दे पर 'तीखा' इस पर 'नरम' सम्पादकीय लिखेगा। मेरे प्रशंसक मेरा 'लोहा' मानते थे। मैं चेहरे पढ़ सकता हूँ। संस्था प्रमुख की हार्दिक इच्छा किस मौके की खबर, कितने कॉलम में छपी देखने की है, मैं इसका हिसाब बताते हुए यह भी बता सकता हूँ कि उस अखबार में यह इतनी ही बड़ी छपेगी और यह दुखी होकर सात दिन तक चपरासियों पर गुस्सा निकालेगा। प्रतिष्ठित अखबार के पृष्ठों और कॉलमों की बड़ी हैसियत होती है। उसी आधार पर विज्ञापन के भाव और खबर के भाव आँके जाने चाहिए। जितना बड़ा विज्ञापन उतने ज्यादा रुपये, जितने कॉलम की खबर उतना असर। मुझे न्यूज का भाव पता है।

#

पाठक क्षमा करें, यहाँ फिर पैसे का जिक्र आया तो मेरा मन लेखकीय पारिश्रमिक की दरों पर गया है। विज्ञापन के भाव हर छह महीने में रिवाइज होते हैं, मगर लेखक के पारिश्रमिक अखबार की स्थापना के काल से जस के तस हैं। मेरी कविता छपती है। कुछ महीने पहले छपती थी, साल और सालों पहले भी छपी, पारिश्रमिक उसी आधार और गति से आया। लिखने के समय चाय पीना मेरी जरूरत है। चाय यह नहीं पूछती कि कविता का पारिश्रमिक बढ़ा या नहीं?

मगर यह बेहूदा बात है। कविता मुझे सन्तोष देती है। (विज्ञापन बताते हैं चाय भी सन्तोष देती है, जंगल में तो चाय शिकारी को शिकार भी देती है) इसलिए पारिश्रमिक जैसी टुच्ची बात को तवज्जो देना मैं पसन्द नहीं करता।

#

मेरा एक लड़का है। एक और लड़का है। दोनों इस बात पर ध्यान देते हैं। मैं क्या कर सकता हूँ? पत्नी को समझाया जाना मेरे लिए क्यों जरूरी हो? उनके भुनभुनाने, चिल्लाने या तुनककर विरोध प्रकट करने को समझने के लिए उनकी रचना विरोधी प्रवृत्तियों को समाप्त करने के लिए, सिर्फ

उन्हें कहना-समझाना पर्याप्त नहीं है। असन्तोष और उतावलापन...जाएगा, एक-न-एक दिन जाएगा। भरोसा है। नहीं तो फिर एक कविता लिखूँगा।

मैं इसी भरोसे से संस्था में खुद को धकाता रहा हूँ। मुझे अक्सर लगता है, यह मेरे लायक स्थान नहीं है। दफ्तर में घुसो, तो वही वर्मा-शर्मा-बिल-पेमेंट-सीएल-पड़ोसी-नल-चुगली-अश्लील-श्लील-डपट-जलन-हो-हो-ही-ही-तू-तू-मैं-मैं। संवेदनशीलता के नाम पर तो वहाँ अधिकांश की नानियाँ मरी हुई हैं। मगर प्रकट ऐसा करेंगे जैसे दया के मुहावरे सारे इन्हीं के घर में निर्मित होते आए हों। कभी मैं सोचता हूँ, मैं 'सुनानेवालों' की जमात में नियुक्ति पाता, तो बड़ा सुखद होता। दो घंटे के बाद छुट्टी और फिर चाहे जो करो। मगर उनमें जो मूढ़ भरे हैं, उनके साथ कैसे निभती?
मुझे फिर अपनी ताजा कविता याद आने लगती है इतिहास जानेगा कि इस संस्थान की खुशकिस्मती है कि मैं यहाँ काम कर रहा हूँ। जहाँ के लोग अखबार के एक बित्ते भर की खबर के लिए म्याऊँ-म्याऊँ करते रहते हैं, वहाँ मेरे जैसा आदमी मौजूद है जिसकी कविताएँ महीनों पहले, साल पहले, सालों पहले से उन्हीं रिसालों में छपा करती है।

अब आपकी समीक्षकीय दृष्टि में यह वाक्य खटक गया होगा। मैं सब समझता हूँ। आपका खयाल यह है कि जबकि कहानी का नायक इतने उदात्त विचारों का है कि कविता लिखना भर ही उसका सन्तोष है, तो छपास की क्षुद्र तसल्ली उसके कद को क्यों छोटा बना डाल रही है? (मगर जान लीजिए कहानी और असल के अन्तर का यही पेंच है।)
अब समीक्षा की दृष्टि से नायक को कविता के साथ किस तरह जीना चाहिए, वह तय करने के लिए लेखक को कुछ करना पड़ेगा। नायक का कद बचाने के लिए कहानी में कुशल लेखक कई मोड़ डाल देते हैं। मुझे भी मोड़ की तलाश है। कुछ ऐसे तथ्य हैं, जिन्हें कोई चाहे तो तोड़-मरोड़ सकता है, जैसे यहाँ नायक स्थापित कवि नहीं है, उसे फुलटाइम कवि भी नहीं बताया जा सकता। बड़ी मुसीबत है। कवि स्थापित भी नहीं है, कोई नौकरी उसका फुलटाइम जॉब है, मगर वह जीने की हर गति में जॉब की पीठ पर कविता लादे घूम रहा है।

छोड़िए, समीक्षक की परवाह बाद में करेंगे। पहले असल बात ज्यादा उल्लेखनीय है। मुझे लगता है, सबसे बड़ी मुश्किल संस्थान का प्रमुख, संस्थान का हाजिरी रजिस्टर और संस्थान की घड़ी रही है। सारी मुसीबत घड़ी से शुरू होकर प्रमुख तक पहुँचती है। कुछ साधारण-सी वजहें हैं, जैसे देर से आना। मान लो मैं कभी-कभार कुछ समय की देर करता हूँ, तो प्रमुख मुझे उसी तरह डाँटें जैसे शेष कर्मचारियों को डाँटता है तो मेरा कवि होना क्या रहा?

बस में कभी-कभी जब मुझे सीट नहीं मिलती, मैं खिन्न हो जाता हूँ। यह देश एक कवि को, बस में सीट तक नहीं दे सकता। मुझे राशनकार्ड पर घासलेट भराने के लिए, लाइन में लगना पड़ता है। अजीब है बनिया, मुझे पहचानता नहीं...हर बार एक आदमी साथ तो नहीं रखा जा सकता, परिचय देने के लिए।फिर भी, ऐसी बातों से मुझे परेशान नहीं होना चाहिए...मैं बड़ा काम कर रहा हूँ। कविता रच रहा हूँ।

#

कभी-कभी सोचता हूँ, ये दुनिया अपने काबिल नहीं है।
सुखी होने के लिए काफी है, कविता और एकान्त। जंगल में किसी तरह झोपड़ी बनाकर आराम से रहें। फल-फूल खाएँ, कविताएँ लिखें और जिन्दगी गुजार दें।

विचार हसीन है।

पर जैसा कि मैं कहानी के शुरू से करता आ रहा हूँ, मैं जंगल में भी अर्थशास्त्र ढूँढ़ता हूँ। फलों और लकड़ियों का धन्धा बुरा नहीं है। एकान्त भी और लाभ भी। यों भी एकान्त लाभदायी ही होता। दफ्तर में मैं एकान्त ढूँढ़ने की कोशिश करता हूँ, तो असफल रहता हूँ। यहाँ के टॉयलेट तक एकान्त विरोधी प्रतीत होते हैं, अशिष्टता के शोर से भरे हुए। दफ्तर कभी-कभी विराट जंगल में बदल जाता है, जिसके तमाम पेड़ रेंजर काटकर ठेकेदार

के साथ शराब में घोलकर पी गया है। वह कागज पर जंगल है और असल में मैदान। लोग सिर्फ गुल्ली डंडा खेलने की तनख्वाह ले रहे हैं।

मैं तनख्वाह लेता हूँ, संस्था प्रमुख को शिकायत है कि उसे कभी 'जस्टीफाई' नहीं करता। यानी मैं उसके अनुशासन का गुल्ली-डंडा नहीं खेलता? मुझे खेलना नहीं आता, तो यह पूछा जा सकता है कि आपको कविताई करना कैसे आता है? प्रमुख लोग गुल्ली-डंडे और कविता में सम्बन्ध स्थापित कर सकते हैं। वे दोनों का सम्बन्ध किसी ऐसी चीज से भी स्थापित कर सकते हैं, जिसका सम्बन्ध से कभी सम्बन्ध ही न रहा हो। मैं सोचता हूँ, यदि मैं प्रमुख हो जाऊँ तो जीवन का सुख से रिश्ता जोड़ने के लिए क्या-क्या कर सकता हूँ? पत्नी खुश रहे, बच्चे भविष्य का सुनहरा प्रमाण-पत्र लेकर कहीं सवार हो जाएँ, मैं लॉन में चेयर डालकर कविता पढ़ता रहूँ और टीवी वाले 'पत्रिका' कार्यक्रम के लिए मेरी सुबहें-शामें कैद करके रात को पर्दे पर दिखाएँ।

यानी पहले लॉन चाहिए, चेयर चाहिए, पत्नी का खुश होना और बच्चों का अफसर होना जरूरी है। उसके बाद कविता की प्रतिष्ठा बन जाती है। इसके लिए कहीं लॉटरी लग जाए तो? वैसे लॉटरी का टिकट खुलते हुए मैंने अपने परिवार में कभी नहीं सुना। एक विचार यह हो सकता है कि साझे में कोई होटल खोल लूँ पर पूँजी कहाँ से आए? ऐसा हो कि कविताएँ-लेख इतने लिखे जाएँ कि पारिश्रमिक की राशि बढ़ती-बढ़ती एक साल में इतनी...दो साल में उतनी...तब कुछ बन जाए।

कहानी में झोल आता दिखाई दे रहा है। बार-बार वही दु:ख, वही गुंताड़े और वही वाक्य...पाठक का धैर्य जवाब दे जाएगा। इससे बचने के लिए, मैं सीधे आपको बता दूँ कि नायक की मुसीबत क्या है।

#

सीधी-सी बात है कि आपका यह कवि सुख की तलाश में है।
इसी सुख की तलाश में ग़ाफ़िल उसने दफ्तर में अपने जिम्मे के स्टोर विभाग में कभी 'एंट्रीज' करने में दिलचस्पी नहीं दिखाई। दरअसल कुछ

सामान उसने कविताई की लहर में कृपा भाव से बाँट दिया, कुछ हाथों में लिपटा घर चला आया।

इश्यू रजिस्टर में दस्तखत लेने-देने की फालतू जरूरत नहीं समझी। (आप जानते हैं—कविता, सन्देह नहीं सिखाती)।

वह कई बार देर से दफ्तर पहुँचा और इस भरोसे उसने अपने प्रमुख को लताड़कर 'धूमिल' की एक कविता सुना दी कि व्यक्ति की पहचान उसकी नीयत से होती है देरी से नहीं। (आप जानते हैं—कविता हृदय निर्मल करती है और स्वाभिमान कायम रखती है)

यह सोचकर कि समूचा समाज उसकी आवाज पर उठ खड़ा होगा और जरा-सी पुकार हुई कि 'चार कॉलम की पट्टी' अखबारों के स्थानीय संस्करण में फ्लैश हो जाएगी, एक छोटी तकरीर संस्थान के गलियारे में झाड़ दी। (आप जानते हैं—कविता समाज को आन्दोलित कर सकती है)

इस अन्दाज में उस सुबह घर से निकला कि रजिस्टर की खानापूर्ति से ऊपर का काव्य-सत्य हमेशा जीतता है, और यदि कुछ हुआ तो वह रूखी रोटी पर जीवन गुजार लेगा, मगर झुकेगा नहीं।

नौकरी पचासों कर सकते हैं, कविताएँ कवि के अतिरिक्त कोई नहीं।

कवि को भरोसा, विद्रोह को भरोसा।

#

उस पर इन्क्वायरी बैठ गई और कहीं कुछ नहीं हुआ।

इन्क्वायरी कमेटी के सामने वह उपस्थित हुआ।

वे पूछते, 'आपने अमानत में खयानत की?'

कवि जवाब देता, 'मैं कविताएँ लिखता हूँ। यहाँ है, वहाँ है...उन्होंने इस कविता पर...।'

कमेटी वाले ठहाका लगाने को होते, मगर नहीं लगाते क्योंकि खयानत का केस गम्भीर होता है।

वह बार-बार 'कविता' और 'कविता' की आत्मा में लुढ़कता मिला, वे अभागे अन्त तक पूछते रहे, आपके स्टॉक रजिस्टर में घपला क्यों है?

कवि बर्खास्त हो गया।

#

बर्खास्त कवि सरकारी क्वार्टर पे अड़ा है।
उसे भरोसा, जनता की आत्मा जागेगी और आन्दोलन खड़ा होगा।

पुलिस वाले आए, क्वॉर्टर खाली करने की चेतावनी दे गए। उसने सोचा यह क्रान्ति का एक मोड़ है। वह जबरन मकान खाली कराते वक्त, लम्बी कविता पढ़ेगा और एक शहीद की तरह व्यवस्था के विरोध में अपनी सुबह कुर्बान करेगा।
स्टॉक रजिस्टरों के घपले होते रहते हैं, कविताएँ रोज-रोज थोड़े ही घटती हैं।

#

वह सुबह भी हुई। लोटे, बाल्टी और बिस्तर घर से बाहर फेंक दिए गए। वह कविता पढ़ने की बजाय, रो पड़ा। उसे लगा, पत्रकार आते ही होंगे। वह एक धुआँधार प्रेस वक्तव्य देना चाहता है। उसे लगता है कि समाज साजिश के तहत खामोश कर दिया गया है। समाज के लिए सत्ता के विरुद्ध एक 'डबल कॉलम' चाहिए।

#

मित्रो, कहानी यहीं से शुरू होती है। दूसरे दिन, तीसरे पेज पर सिंगल कॉलम में जो कुछ छपा, उससे इस नायक को छोड़कर शेष समूचा कस्बा समझ गया कि कस्बे का एक स्टोरकीपर, अनियमितताओं के आरोप में बर्खास्त हो गया है।
स्टोरकीपर था।
कवि कहीं नहीं था।
नायक आज तक यह समझ नहीं पा रहा है कि छपी खबर से उसका ताल्लुक क्या है?

यदि वही इसका नायक है, तो उसे पेज पर एक आधा कॉलम फोटो सहित डबल कॉलम में तो होना ही चाहिए।

#

मैं सोचता हूँ, कहानी यहीं खत्म कर दी जाए। नैतिक शिक्षा की कथाओं के आखिर में यह लिखा जाता है कि इस कहानी से अमुक शिक्षा मिलती है (क्योंकि कहानी से तो यह पता नहीं चलता)। आप ठीक समझें तो इस कहानी से शिक्षा ले सकते हैं कि 'पेज तीन सिंगल कॉलम' एक कष्टदायी स्थिति है। इससे बचने के लिए आदमी को अपनी नौकरी ईमानदारी से करनी चाहिए।

#

मगर, भाड़ में जाए यह नैतिक शिक्षा। मेरी चाय अब तक नहीं आई है। मैंने शुरू में ही बता दिया था कि पैरों की तरफ किचन है और सिर की तरफ किताबें।

पैर से सिर तक चाय के आने में इतनी देर बर्दाश्त से बाहर है।

मैं धीरे-धीरे आपे से बाहर हो रहा हूँ।

'चाय!' बीवी का हाथ आगे बढ़ता दिखता है।

यह क्लाइमेक्स ठीक है।

मैं नॉर्मल होते हुए सोचता हूँ, वह जरा हसरत से देखे।

'एक ताजा कविता...', माँग हो।

#

कप आधा है, डंडी टूटी हुई है।

#

वह हसरत से देखती है—

'तुम्हें अब कहीं स्टोरकीपरी नहीं मिल सकती?'

उपसंहार

पहले तो कवि ने कनॉट प्लेस के कुत्ते देखे, फिर आगे चलकर बोर्ड देखा, बोर्ड पर 'राजीव चौक' लिखा था। उसका मन खिल गया। नीचे गिरकर फट गए जामुन से ज्यों रस छलककर फुटपाथ को बैंगनी मिठास देता है, कवि को कनॉट प्लेस के राजीव चौक में तब्दील होने की मिठास मिली।

कवि आगे बढ़ा।

रीगल के पोस्टर से टाँगें बाहर आ रही थीं। पीछे के तिमंजिले कॉफी हाउस में न जाकर कवि हनुमान मन्दिर गया। कुछ भक्तिनों को देखा। मनन किया। पैंतालीस डिग्री पर आँखें उठाईं और एक गहरी साँस ली—लिखने को क्या बचा रह गया है।
तभी एक कुत्ता काँय-काँय करता भाग खड़ा हुआ। कवि की आत्मा दरियागंज हो गई, मन प्राग हो गया, दिमाग अयोध्या और आँखें टेम्स!

#

सड़क दिल्ली की, संकट कवि का।
दिल्ली के ठगों में ठगा-सा खड़ा कवि।

लगे कि जैसे कवि की कटी जेब से गिरी स्त्री, बचा विमर्श। वह अर्श, यह फर्श!

म्युनिसिपल कॉरपोरेशन की सीवर लाइन में इस बीच कितना मैला बह गया है!

कवि अपनी उम्र और कविताओं का आँकड़ा मिलाकर देखने लगा। उसे अचानक अहसास हुआ कि पिछले अनेक सालों में उसने 160 अध्यक्षताएँ कीं, 1001 संस्मरण सुनाए, 1500 बहसें कीं, लगभग 90 बार श्लील-अश्लील हुआ, कम-से-कम 10 बार गाली-गलौज का स्तर उठाकर राष्ट्रीय किया। हाय, फिर भी ग्रासरूट लेवल पर फर्क न पड़ा। कवि करोड़पति भी न बना। कवि, तू असली दुनिया की क्रान्ति में कुछ न कर सका, आखिर तुझसे देश के अन्तिम आदमी को क्या मिला?

हाय भारत देश! हाय इंडिया गेट! अरे निजामुद्दीन पुल की हवाओ! ओय दारुकुट्टे सम्पादको, ओय-ओय शातिर मीडिया सेवको! ओह धौला कुआँ के ट्रैफिक पुलिस वालो! सुनो बोट क्लब के धरनार्थियो! इंडिया इंटरनेशनल सेंटर की सड़क की चिकनाइयो, सुनो—यह कवि अब नहीं रुकेगा। वह जड़ों की ओर लौट रहा है।

#

कवि लौट गया।
कहाँ लौटा?

यों कवि की जड़ें पूरी धरती पर होती हैं।
वह जब उनकी तरफ लौटना चाहे तो चयन के विकल्प ग्लोबल होते हैं।

उसकी जड़ें नायला में थीं।

मतलब वही—अहा ग्राम्य जीवन भी क्या है!

हैंडपम्प में पानी नहीं आता, सड़क सन् साठ की फिल्मों की प्रेरणा लेकर गड्ढों का भार उठाए चली आ रही है। कई लोकल अखबारों के स्ट्रिंगरों के लिए महीने का मामूली बिल बनाने में मदद करने का पूरा इन्तजाम। वे सड़क, स्कूल वगैरह पर कई सालों से लिख रहे हैं, आगे भी लिखते रहेंगे। ईश्वर ने अगर चाहा तो अखबारवालों की अगली पीढ़ियाँ भी इन्हीं समाचारों से कमा खाएँगी।

पर कवि के लिए नायला महज नायला नहीं था।

वह कवि की वैश्विक दृष्टि में ग्लोबलाइजेशन की पहली प्रयोगशाला थी।

यह वही गाँव था जिसे अमेरिकी राष्ट्रपति बिल क्लिंटन को दिखाने के लिए चुना गया था। कवि ने क्लिंटन के फर्टिलाइजर से सींची जा रही जड़ों की ओर हसरत भरी निगाहों से देखा। वह भी मोनिका और हिलेरी की कथाओं का निष्ठावान वाचक था। वह भी केसरिया बालम होना चाहता था। वह जड़ों के हरेपन में विश्व कुटुम्ब का प्रवाह देखना चाहता था। वह लगना चाहता था—सामन्ती इतिहास के प्रदेश में जन-जड़ों को देखता कवि। वह जड़ों का सुख उठाना चाहता था, दुख पर प्रयोग करना चाहता था। उसे कुछ करना ही था। उसे जड़ें चाहिए थीं।

#

क्या आपको पता है कि कोई भी अपनी जड़ों को कैसे देख सकता है? अपनी जड़ें होती क्या हैं? क्या आदमी की जड़ पेड़ की जड़ की तरह ही होती है? अधिकांश कवियों की जड़ गाँव में ही क्यों होती है? कवि की जड़ शेष मनुष्यों की जड़ से भिन्न होती है? तो एक कवि की जड़ें और किसी अन्य कवि की जड़ें भी कुछ भिन्न-भिन्न होती होंगी। क्या गारंटी है कि कवि जड़ों की ओर लौटेगा तो अपनी ही जड़ों पर पहुँचेगा, किसी और की जड़ को अपनी जड़ समझकर उसी पर लट्टूम नहीं जाएगा? जड़ों पर कोई बिल्ला, बैनर, पट्टी या निशान तो होता होगा।

यह संशय में डालनेवाला मसला है।
कवि एक पल ठिठकता है, फिर खिल जाता है।
कवि संशय को शक्ति में बदलना जानता है।

चिन्ता न करें, वह जड़ों पर आठ लम्बी कविताएँ लिख चुका है। कविताएँ उसकी कुदाल हैं। मिट्टी खोदकर जड़ों तक पहुँचने का इन्तजाम है उसके पास। ज्यादा जरूरत पड़ी तो दो-तीन कविताएँ और लिख देगा। कुदालों की संख्या बढ़ जाएगी।

जड़ों की ओर लौटने के लिए वह नायला की जमीन को छूकर देखने लगा।

बदरपुर से थोड़ी अलग है। यमुना पुश्ते से भी थोड़ी अलग है। ओह, इंदौर के रेसकोर्स रोड और मुम्बई की चौपाटी से भी अलग है। जब सबसे अलग है तो अद्वितीय है। अद्वितीयता तो कवि की ही खासियत है। चलो, शान्ति हुई। एक लक्षण पकड़ में आया, अब वह निबट लेगा।

कवि अपनी अद्वितीयता पर सोचने लगा। मों सम कौन कुटिल, खल, कामी?

वह दलित है क्योंकि उसने प्रमाण पत्र बनवा रखा है। वह ब्राह्मण है क्योंकि उसके नाम में वह गन्ध आती है। वह ठाकुर है क्योंकि उसने कई वध किए हैं। वह वणिक है क्योंकि शब्दों का सौदा उससे अच्छा कौन करे? वह स्त्रियों का उन्नायक है क्योंकि सर्वाधिक अश्लील कथाएँ रचने का उस पर आरोप है।
वह अकेला है, अपनी तरह का अकेला।
आह, वह चंडूखाने से लेकर अंसारी रोड तक एक-सा सनसनाता तीर! वह कुक्कड़ की टाँगों से लेकर नुक्कड़ के लोकार्पण के फीतों तक पवित्रतम निमित्त! चित्त और वित्त की यह अद्वितीयता उसे मीठी बेहोशी देने लगी। वह नीचे बैठ गया। जहाँ बैठा था, वे पंचायत भवननुमा जगह पर बनी सीढ़ियाँ थीं। मीठी बेहोशी में उसे खेत-खलिहान, सिटी बसें, गिद्ध, कौए, कलाली,

किताबें वगैरह देखीं। भागते-चलते बच्चे देखे। नाचता हुआ क्लिंटन देखा। उस पर फूल गिरे थे। घूँघट में गाँव की औरतें उसके आसपास घूमर ले रही थीं। नायला जगर-मगर कर रहा था। उसी जगर-मगर में क्लिंटन ने एक कम्प्यूटर दिया।

शॉट फ्रीज हो गया।

#

कवि की तंद्रा टूट गई।
सामने एक बकरी मुँह चला रही थी।
पीछे चार भले लोग बकरी पर टूट पड़ने के अन्दाज में खड़े!

बकरी ने संवेदनशीलता के आगार को पहचान लिया। कवि के पीछे शरण ली। कवि और भले लोगों के बीच संवाद आरम्भ हुआ।

'आप कौन हैं?'
'मैं जड़ों की तलाश में आया हूँ।'
' किसकी जड़ें चाहिए—शकरकन्द की, मूली की या बरगद की?'
'अपनी जड़ें।'
'तो जाओ, खेत में उग जाओ।'

कवि उनकी हालत पर हँसा। पंचायत में देश की जड़ें होती हैं, उन्हें क्या मालूम पंचायत की सीढ़ियों पर बैठा कवि अपनी जड़ों की ओर लौटकर देश को आगे बढ़ाना चाहता था। ऐसे गम्भीर काम को वे कमअक्ल कैसे समझ सकते थे, जो एक बकरी के पीछे पड़े थे। बकरी ने कवि को देखा। कवि ने बकरी को ऐसे, जैसे आश्वासन दिया हो कि अगली बार तुझ पर पाँच कविताएँ लिखूँगा। पहले जरा जड़ मूर्खों से निबट लूँ, अपनी जड़ें तलाश लूँ।

'तुम्हें जड़ों के बारे में कुछ नहीं पता। जड़ों की ओर लौटना बड़ा गम्भीर काम है। बीस साल रेडियो, टीवी, अखबार, पत्रिका और व्याख्यान के लम्बे व्यायाम के बाद मुझे समझ में आया कि जड़ों की ओर लौटना चाहिए। तुम इस पचड़े में मत पड़ो। तुम तो इतना भर बताओ कि बकरी के पीछे क्यों पड़े हो?'

जाहिर है, वे चारों न घुटे हुए सम्पादक थे, न सरकारी प्रोग्राम पास करनेवाले अफसर! वे गाँव के लोग थे। उनका लक्ष्य बकरी थी। वे जड़-बहस में नहीं पड़ना चाहते थे।

वे बोले—'पंचायत छोड़ो। थोड़ा सा हट जाओ। ये बकरी उस कम्प्यूटर का प्लग चबा गई है जो बिल क्लिंटन साहब के यहाँ आने के मौके पर हमें मिला था। हम इसे ठीक करना चाहते हैं।'

'बकरी मिमियाई।'

कवि गरज उठा, 'इसने कम्प्यूटर का प्लग चबाया है। जब कम्प्यूटर खुला पड़ा था, तब तुम क्या कर रहे थे?'

'जब से कम्प्यूटर आया, तबसे खुला पड़ा था। वह एक जादुई डिब्बा था जो धूल खाता, हमें डराता था। बिजली नहीं थी। हमारे पास अलग से कोई मेज नहीं थी, फिर भी हमने कम्प्यूटर के लिए जगह निकाली। हम शपथपूर्वक कहना चाहते हैं कि हेंडपम्प सूखा पड़ा है, वही देखते-देखते हमने बकरी को जरा-सा हड़काया था। यह उछल भागी और कम्प्यूटर तक जा पहुँची। वहीं उसने प्लग चबा लिया। हम इसके पेट से वह प्लग निकालकर कम्प्यूटर में वापस लगाना चाहते हैं वरना क्लिंटन साहब के प्रति यह गुनाह हो जाएगा। हम क्रान्ति और कम्प्यूटर तक पहुँचने से पहले ही चोरी-गुमशुदगी के आरोप में मारे जाएँगे।'

कवि की गरज शान्त हो गई।

उसने छँटे हुए सॉफ्टवेयर-हार्डवेयर ज्ञाता की तरह बकरी की गरदन पर हाथ धरा। उसकी आँखों में आँखें डालीं। क्लिंटन की भाँति मुस्कुराया, तार

से तार मिल गए। बकरी की आँखें स्क्रीन में बदल गईं।

#

सारा डेटा खुला पड़ा था।

पहली फाइल में जड़ें ही जड़ें थीं, वह जड़ें जिनकी तरफ लौटने के लिए कवि बेताब होकर दिल्ली छोड़ आया था।
बकरी के कान माउस हो गए।
पीठ की-बोर्ड में बदल गई, मुँह से प्रिंट निकलने लगे।

#

यह जादुई यथार्थवाद था और इसमें मौलिकता का स्तर इतना ऊँचा था कि किसी आचार्य से मदद लेने की जरूरत नहीं थी। स्थापनाएँ साफ थीं। मोनिका का वॉलपेपर स्क्रीन को मोहक बना रहा था। बीच की झपकी में एक स्क्रीन सेवर चला तो वह जड़ों की सूक्ष्म रचना से बना निकला। गाँव की को-ऑपरेटिव दूध सोसायटी, महिला उत्थान समिति, गिट्टी, गड्ढे आदि से विहीन रेशमी सड़क और क्लिंटन की टी-शर्ट भी खुली। एक फाइल में 'प्रेजेंटेशन' बना निकला, जो बताता था कि विश्व का पहला कम्प्यूटर ग्राम बनकर नायला की जड़ें कैसे आकाश छूने जा रही हैं।

प्रेजेंटेशन में हर बार एक ग्राफिक आता था जिसमें पर्यटन मंत्री का घूमर दिखता था, केसरिया बालम पधारो नी म्हारे देस! नायला एकदम ग्लोबल ग्राम बन जाता था और देहाती, क्लिंटन का टी शर्ट पहनकर हैंडपम्प से टैंकर के टैंकर पानी भरते थे। इतना पानी कि, पानी पानी!!

#

बकरी की पीठ पर कवि की उँगलियाँ चल रही थीं, नई-नई चीजें खुल रही थीं। मुँह से प्रिंट पर प्रिंट गिर रहे थे।

#

कवि कम्प्यूटर को इंटरनेट से जोड़कर साइबर स्पेस में जाना ही चाहता था कि कनेक्शन कट गया। कवि की लय टूट गई। जड़ों से चल रहा रास छूट गया। सारा उपक्रम थम गया।

सामने वही देहाती खड़े थे।
बकरी उछलकर सूखे हैंडपम्प की ओर दौड़ पड़ी थी।
कवि अब रुक नहीं सकता था। उसे कर्तव्य पुकार रहा था।

जड़ों के पास जाकर वह उन्हें खोना नहीं चाहता था।

#

तो, भागा कवि आगे-आगे। देहाती उसके पीछे।
नीचे धूल-मिट्टी-गड्ढे, ऊपर तीखी धूप।
कवि आगे, उसके आगे चमत्कारी बकरी।

देहाती चिल्ला रहे थे—बकरी चोर! पकड़ो!!
कवि कह रहा था—आ लौट आ, जड़ों की ओर आ, चल तुझे साइबर स्पेस ले चलूँ।

चोर, जड़ें और साइबर स्पेस!
समाँ बँध गया, माहौल बन गया!!

#

इस घटना के अन्त के कई संस्करण प्रचलित हैं। उनमें से एक यह है कि देहातियों ने कवि को बहुत पीटा, जिस पर उसने एक लम्बी कविता लिखी और अभिव्यक्ति की स्वतंत्रता पर सफल आन्दोलन का नेतृत्व किया।

दूसरा संस्करण यह है कि देहाती समझ गए कि यह कोई पहुँचा हुआ पुरुष है, जो कम्प्यूटर क्रान्ति करने आया है। उन्होंने उसे बकरी दान में दे दी। बकरी का दूध पी-पीकर कवि काफी मोटा हुआ और कालान्तर में उसने जड़ों की ओर लौटने के अभियान को विराट स्वरूप दिया। हजारों बकरियों के साथ वह सुखपूर्वक कहीं अनजान किन्तु शानदार जगह पर अब भी रहता है और 'जड़ों की ओर लौटने' पर काम कर रहा है।

तीसरा और अन्तिम संस्करण यह है कि वह जड़ों की नहीं, उस बकरी की तलाश में ही वहाँ पहुँचा था। उसने बकरी को भागते-भागते अन्ततः आमेर की घाटियों में पकड़ लिया और उसे समझा-बुझाकर उसकी पार्टनरशिप में एक डॉटकॉम कम्पनी खोल ली। अब कवि साइबर स्पेस में रहता है, नायला डॉटकॉम जैसा कुछ चलता है और ऑनलाइन जड़ें बेचता है। जड़ों की तलाश के लिए बेचैन दुनिया का वह सबसे बड़ा सहारा है। कहते हैं कि कई बुद्धिशाली सम्पादक, लेखक, पत्रकार, फिल्मकार अपनी जड़ों के लिए इसी पर लॉग इन करते हैं। कवि जो है, अपनी जड़ों समेत, बिल गेट्स की कम्पनी टेक-ओवर करने जा रहा है।

ब्रेकिंग...अभी-अभी

ट्विटर के स्पेस पर कवि का प्रवचन चल रहा है। चिन्तकों की भीड़ है।
विषय है—
आसमान में पत्थर फेंक कर सर उसके नीचे कैसे रखें।

#

आसमान में जगह नहीं है।
जमीन पर पत्थर नहीं हैं।

۞